WENN DE GOTT OEWER NU 'N LOCK HETT ...

Susanne Bliemel

WENN DE GOTT OEWER NU 'N LOCK HETT ...

Plattdeutsche Geschichten

HINSTORFF

Die Deutsche Bibliothek verzeichnet diese Publikation in der Deutschen Nationalbibliografie; detaillierte bibliografische Daten sind im Internet über http://dnb.ddb.de abrufbar.

Lagerstraße 7, 18055 Rostock
Tel. 0381/4969-0
www.hinstorff.de

1. Auflage 2012
Herstellung: Hinstorff Verlag GmbH
Coverillustration: Carola Rong
Druck und Bindung: CPI books GmbH
Printed in Germany
ISBN 978-3-356-01526-3

För miene lütte un grote Familie

INHALT

„Platt is dot! Platt is dot ...!"

Wenn wi in 'n Urlaub führen, denn will 'n wi, dat dat so näbenbi ok ümmer 'n bäten Folklore gifft un 'n bäten Kultur un Tüdeldetüü. Up La Gomera finnen wi dat schick, wenn de Lüüd uns vertellen, dat se 'ne ganz besonnere Sprak hebben, wo se sick mit Fleuten verstännigen. Wenn wi achtern bi de Griechen sitten, denn finnen wi dat gemütlich, wenn de dor ehre Volkslieder singen un Sirtaki danzen. Un ierst Afrikaaaa! Nee, wat is de Kultur dor interessant. Oewer wedder tau Huus kann uns uns' „Herrn Pastuurn sien Kauh" un so'n Meckelbörger Kägel bannig lang warden.

Un uns' globalisierten Kinner, wat sallen de mit Platt un Heimatkultur, wo de doch liekers glieks nah de Schaul ut uns Land afhaugen un woanners in de Liehr gahn? Oewer dat is ja so, wenn ein' woanners frömd is, denn kiekt 'n up dat Eigene, up dat, wat tau Huus bedüüden kann. Un uns' Kinner? De möten de Erfahrung maken, dat Aldi, Microsoft, Mogul un Mc Donald's di kein Heimat gäben, dat Tauhuus wat anners is: dat Land, de Lüüd, de Familie un de Sprak. Ehr Ton klingt di in't Uhr, wenn du poor dusend Kilometers weg büst. Wenn wi doran glöwen, dat dat 'ne regionale Identität in de globalisierte Welt gifft, denn kamen wi ok an uns' besünnere Sprak, dat Plattdüütsche, nich vörbi.

Un Platt kann denn nich blots Ringelstiert un Firlefanz un wat för de Ollen sien. Wi Plattdüütschen möten ut de „plattdüütsch Eck“ rutkamen. In de Verfatung un dat Schaulgesetz vun Meckelborg-Vörpommern steiht dat in, dat dat Land Plattdüütsch as tweite Sprak vöranhelpt. In de Europäischen Charta för de Regional- un Minderheitenspraken steiht de Erhollung vun Platt näben Sorbisch, Dänisch, Friesisch un Romanes. Meckelborg-Vörpommern hett de Plicht oewernahmen, mittauhelpen, dat Platt de Kinner bibröcht ward. Dat ward in väle Kinnergordens, Schaulen un Vereine ok makt un jedet Johr nähmen so bi 600 Kinner sogor an den Plattdüütsch-Wettbewerb deil. Wi all möten begriepen, dat Plattdüütsch wat ganz Besünners is. Dor möt ’n Ruck – nich glieks dörch Düütschland – oewer dörch MV gahn: De Plattsnacker möten nich klagen, sünnern schnacken. Wi bruuken Kraasch un ’ne Utbillung för Erzieherinnen, Schaulmeisters, Sprakliehrbäuker. Platt möt miehr Gewicht hebben in’t Radio, in’t Fiernseihn, up ’t Theater un in de Zeitung. Denn, so hett Gustav Mahler dat seggt: „Tradition ist nicht die Anbetung der Asche, sondern die Weitergabe des Feuers.“

Bannig in de Asch sitten wi all, de Staatenbericht tau de Charta schrifft up de Siet 15: „Zumindest mittelfristig muss das Niederdeutsche als moribund angesehen werden.“ „Moribund“ heit: kort vör ’t Dotblieben. Und dat trugen de sick, in Latiensch tau schrieben, wo wi ja weiten, dat Latiensch all offiziell dot is. Oewer de Doden, de sünd denn ok wedder interessant: De Sprak ward liehrt un studiert as verdull und dat giwwt Vörschriften, dat du in manch ein' Universität nich mal Düütsch studieren dörfst, wenn du nich Latiensch kannst. Wenn dat so is, denn sing ick giern: „Platt is dot! Platt is dot! …" Blot denn dörben wi nich wiedersingen: „Lat dat man, lat dat man. Gifft äben nix tau arben."

HOLTHAMMERNEUROSE

Ick heff dat all ümmer wüsst: All de, de dit hier nich vernünftig läsen koenen, sünd sozial benahdeiligt. Sei sünd eigentlich in uns Land gor nich miehr tau integrieren. Wegge kein Platt kann, is ein armen Minschen. Oewer hebben Sei all wüsst, dat ein Kind, dat in uns schönet Meckelborg kein Platt versteiht, nich blot persönlich anschäten is, sünnern ok beruflich kein Bein an de Ierd setten kann? Nu is dat rut: Arbeitlos, wiel de jungen Lüüd blot Hochdüütsch koenen! Wegge de Landessprak nich kann, hett bannig läge Korten!

Nu gifft dat in Mecklelborg ja bannig väle Lüüd mit einen hochdüütschen Migrationshintergrund, de all nich vernünftig Platt koenen. Dat sünd de armen, de seggen: „Ich kann alles verstehen, aber nichts sagen!“ Wat hebben sick de Böbelsten nu utdacht, dat dat sick ännert, dat Hochdüütsche in uns Land keine Nahdeile hebben?

Ohn Plattdüütsch kann ein sick in den meckelborg-pommerschen Olldag ja gor nich miehr trechtfinnen! Dorüm fordern Plattdüütsch-Fundamentalisten: Politikers möten verfügen, dat Plattdüütsch Ümgangssprak is! Jeder Schnack up Platt, bitteschön! Ok Kinner? Ja, ok Kinner sallen sick up den Schaulhoff blot noch Plattdüütsch ünnerhollen! Dorbi gifft dat ein Problem: De einen Plattdüütsch-Extremisten meinen, dat ein plattdüütsch blot vun Geburt is, dat ein Minsch plattdüütsch buren un tagen sien möt, dat dat quasi ein plattdüütsches Gen gäben möt. Un denn ünnerdeilt sick de Minschheit in Plattdüütsche un Nicht-Plattdüütsche. Hochdüütsche, de Platt as 'ne Sprak liehren willen, koenen höchstens assimilierte Hochdüütsche warden, wiel kein plattdüütsches Blaud dörch de Adern flött. De koenen dat studieren un läsen: Dor warden keine echten Plattschnacker vun! Ick weit blot nich, ob de echten Plattdüütschen dat plattdüütsche Blaud nahwiesen möten bet torügg tau de Germanische Lautverschiebung? Un woans kann ein den echten Plattdüütschen vun den unechten ünnerscheiden? Viellicht dörch 'n Fischkopp an de Jack?

Un dat tweite Problem: Wat is dat richtige Platt? Reuter? Tarnow? Brinckman?

„Dat richtige Platt is dat oewer nich!", seggt de Taliban-Oma ut Meckelborg. Platt-Extrem-Elfriede ut Pommern finnt dat ok: „Nee, dat richtige Platt is dat nich. Klingt ganz nah Meckelborg!" Ümmer Meckelborg! Dat is ok so'n Ungerechtigkeit, de de Extrem-Pommern all mit de Moddermelk insogen hebben. Pommernland steiht ümmer achtern an. Is ja ok 'ne Frechheit, dat up Rügen up de Spieskort: „Mecklenburger Rippenbraten" steiht. Up Rügen! Dorbi is dat doch dor „Pommerscher Rippenbraten"! Jawoll! Klor is mi nich, ob dat denn liekers noch „Hamburger Schnitzel" heiten dörf, wenn dor 'n Ei babenup liggt. Orrer is dat denn 'n „Pommersches Schnitzel"? Infacher is dat mit „Pommers Frites“, dor hett de Extrem-Pommer kein Problem mit. Oewer is „Ketchup“ nu Plattdüütsch orrer Hochdüütsch?

Orrer is dat tatsächlich noch väl leger? Is dat Engelsch? Dat kann de Plattdüütsche gor nich lieden un kann so ’ne Wüür oewerdragen, tau’n Bispill „Ketchup“ mit „Tomatenbrie“ orrer „Laptop“ mit „Klappopräkner“ un „Handy“ mit „Ackerschnacker“. Dat geiht, man möt blot willen.

De Schaulen möten Pflichtünnerricht inrichten, in Funk un Fiernseihn möt dat ’ne plattdüütsche Quote gäben. Nahrichten up Platt gifft dat all, nu möt dat blot noch de richtigen Filme up Platt gäben. In’t Hauptprogramm natürlich! „Tatort“ up Platt, wo de Mörder ümmer de Fischer is. Orrer mal nich „Schwarzwald“-, sünnern „Ostseeklinik“ mit Professer John Brinckman as Dokter. Plattdüütsche Synchronisation möt denn natürlich ok sien: Hollywood up Platt. Denn ward ut „Pretty Woman“ endlich „Säute Diern“ orrer ut „Stirb langsam“: „Lat di Tied mit Dotblieben!“. ET wüür denn seggen: „Nah Huus anraupen!“ un in dit Plattdüütschkino seggt Jediritter Obi-Wan Kenobi denn ümmer mal wedder:

„Holl di fuchtig!, holl di stief.“

Ick hüür all den Leser, de bet nu dörchhollen hett, fragen: Is dat nich allens ’n bäten extrem? Soziologen oewersetten „extrem“ ok mit „das Äußerste“ orrer „das Ärgste“. Un dat stimmt: Plattdüütschland mit den Holthammer – dat is dat Letzt!

FRÖHJOHR

„Narzissen … Narzissen künn he nich lieden."

„Ach, dat is ok nix. Narzissen hollen sick hier nich, 'n poor Johren kamen se wedder un denn sünd se verpufft. Orrer upfreten worden. Hier kümmt nämlich ok irgendso'n Veihwark un frett de Zwiebeln up. Nee, denn leiwer wat anners planten. Bi dit Wäder is dat nich so infach. Dat is ja noch so tiedig in't Johr. Dat gifft ja noch Frost. Primeln orrer Stiefmüdderchen viellicht?"

„Meinen Se? Wat planten denn de annern so?"

Nu seech de Fru doch 'n beten dörch'nanner ut, stellte de Hark an de Siet un keek up de bruune glattharkte Ierd. Un denn up de Fru mit den roden Anorak. Wat makte de oewerhaupt hier so fröh an'n Morgen?

„Wat maken Se hier so fröh an'n Morgen?", frööch se nu.

Un as wenn de anner Fru dor blots up täuwt harr, rappelte se los:

„Ach so, ick bün Fru Röhlich. Ick bün hier för allens taustännig. Also, för dat Wichtigst. Se glöben ja gor nich, wat hier allens tau daun is. Ick arbeit natürlich nich praktisch. Planten un Hecken schnieden, dat maken anner Lüüd. Ick bün taustännig, dat dat allens richtig aflöppt. Hüüt tau'n Bispill: Nu bün ick all so tiedig herkamen, denn de Familie Köhler hett all gistern Abend bi mi anropen un nu wullen se ja weiten, wo Opa henkümmt. Gifft ja verschiedene Möglichkeiten, weiten Se. Ick heff tau Huus 'n groten Aktenordner, dor is allens in: De Reihgen, de Weech un de Daten. Se möten weiten, dat hett hier allens siene Kunst. Ick möt ja weiten, wer liggt up wegge Stell un vör allen Dingen: wo lang liggt de all! Tau Huus heww ick den groten Plan un dor is dat allens rinschräben. De Namen, wann hei gebuuren is un so. Un denn möt ein' ja weiten, för woväle Johren de Lüüd betahlt hebben. Dormit ick denn wedder weit, wegge is aflopen, wo kann all wedder einer 'rup. Möt ick ja uppassen, blieben ja hüüttodags miehr Lüüd dod, as gebuuren warden, vergang'n Johr 32. Un 13 Kinner geef dat blot. Wo wier ick hacken bläben? Ach ja, also dor möt ick ja denn ok noch uppassen, för woväl Lüüd de Stell dacht is. Wegge de wullen ja denn ok noch 'ne Urn 'rupsetten. Bi Martha Müchner is ja ok de Soehn up de Fäut 'rupkamen. Oewer so'ne Urn kümmt ja blots 70 Zentimeter ünner de Ierd, dat geiht ja noch tau maken. Is ja sowieso allens genau indeilt. Jedet Graww hett ja ne Nummer und denn möt ick bi de Kirch anropen in Tentschow. In'n Kirchenbüro dor sitt ja Fru Brunner, weiten Se doch, de dicke Fru Brunner. Wi verstahn uns siehr gaud, kann ick nich klagen. Na, un wi beiden stimm' dat denn af, woans dat makt ward. Weiten Se", un nu kicherte Fru Röhlich as ne Diern, „weiten Se, de Gräwer sünd in de Akten mit römische Tahlen kennteikent. Un Fru Brunner hett denn de Plän ok all vör sick, wenn wi telefonieren, oewer ick kann disse verfluchten römischen Tahlen nich. Un wenn Fru Brunner denn fragt, wat för 'n Graww de Familie utsöcht hett, denn segg ick dörch: X, X un twei Striche orrer X, V un drei Striche. So kamen wi klor, denn de Brunnersche kann de römischen Tahlen ok nich! Is ok noch nie nich wat scheif gahn. Na, manchmal gifft dat ok Arger, denn will de nich näben den liggen, orrer de Familie will 'ne ganz besünnere Stell hebben. De Heini Röpert, de wull tau'n Bispill nich bi sienen Brauder liggen. De harden sick so vertürnt in Läben, dor hett Heini ümmer seggt, dat he in'n Dod nich bi em liggen wull, an leiwsten wull he ganz verswinnen. He wull gor kein Graww hebben. Oewer dat giwwt dat ja as Service nu ierst. Dor achtern, dor hebben se nu den Park anleggt, dor kann ein'n so as anonym beierdigt warden. Also, ick möt uppassen: halw-anonym heit dat. Dor möten de Namen liekers anmakt warden, denn uns Paster hett seggt, ohn' Namen geiht dat nich, wiel wi an'n Jüngsten Dag ja all bi unsen Namen ropen warden vun unsen Herrgott un wenn denn gor kein' Namens an sünd, na, denn ward dat ja hier up 'n Kirchhoff ein Dörch'nanner gäben. So passen wi up, dat dat allens siene Ordnung kriggt. Nee, verkiehrt is mi noch nix gahn, Gott sei Dank. Na, einmal, dor wier binah wat passiert. Stellen Se sick vör: Wenn nu ierst de Mann dodbliwwt un de hebben gliek 'n duwwelte Stell köfft, wo de Fru denn nahstens ok 'rup kann, dat maken ja de meisten. Is ja ok ganz gaud, wenn man denn all weit, dor kümmst du ok hen. Na, un denn möt de Mann ja rechts liggen un de Fru links. Oewer wieans is dat nu: rechts, wenn ein' dorvör steiht, orrer rechts, wenn du dor liggst? De vun dat Bestattungünnernähmen harden dat Graww all uthaben. Na, ick heff mi verfiert, as ick dat seihn heff! Fru Brunner un ick, wi hebben dat denn utprobiert in't Kirchenbüro in Tentschow, wegge wo tau liggen kümmt. Un as wi dor so up den Teppich lägen, dor wüssten wi up einmal ok wedder, dat wi dat genau richtig makt harden. Up den Schreck hebben wi ierstmal 'n Lütten nahmen. De Brunnersche hett ümmer ein' dor. In Ordner 47, dor steiht de Likör för alle Fälle. Na, hüüt kiek ick för Köhler. De Oll is dodbläben, dor kann oewer nix scheif gahn. Siene Fru, de liggt all lang hier, up de linke Siet, wenn ein' dorvör steiht. Seihn Se ja, dor bi sick ok." Fru Röhlich wieste up dat frische Graww, wo de beiden Frugens vör stünnen. „Se Ehr Mann liggt rechts, so as dat hüürt, ofschonst ick dit Graww nich vergäben heww, dor wier ick in Urlaub."

De Fru nähm ehre Hark wedder vun'n Tuun un harkte ganz sachten oewer den Sand, as wull se ehren Mann oewerstraken. Se wull nu woll doch Stiefmüdderchen besorgen för de rechte un de linke Siet. Noch wier för se ja Tiet. Nu keem dat Fröhjohr.

ALLENS KANN LÜTT ANFANGEN

„Dshing-Dshing-Dshingis Khaaaan …" – so dröhnte so'ne Schlagertrupp in de 70er Johren. De wieren ok as Mongolen antreckt orrer de wieren so antreckt, as Ralph Siegel glöwte, dat Mongolen viellicht utseihn. Wat weit einer süss von de Mongolen in MV un in Teterow?

Ick heff 'n echten Mongolen in de Stadtbibliothek vun Teterow biläwt. Un nich blot ein, sünnern sogor twei echte Mongolen harden sick up den wieden Wech nah Meckelborg makt: De Schriftsteller Galsan Tschinag un sien Soehn Galtai Galsan mit siene Pierkoppfidel.

As wi rinkeemen, dor seet hei all 'ne halw Stunn up de lütte hölten Bühn. As dat Teterowsche Publikum denn prat seet un de Lüüd, de sick freuchten, dat mal wedder wat los is in ehre Lüttstadt, niegelich up dissen Mongolen käken, füng hei denn ok an, sien Läben an dat Bispill vun sienen Schlips tau verkloren. Galsan Tschinag: gebuuren in de viertiger Johren in dat Altai-Gebirg hüürt tau dat Volk vun de Tuwa. Oewer in de 60er Johren keem hei tau'n Studieren nah Leipzig. So schrifft hei de miehrsten vun siene Bäuker in Düütsch, in ein ganz besünners, grotorriget Düütsch. Un wiel hei Europa un de düütsche Literatur leiwt, säd hei, is hei halw europäisch wurden. Dorvun keem dat mit den Schlips.

Galsan Tschinag is oewer nich blot de mongolische Schriewer, hei is ok Soehn, Vadder, Nomade, Upklärer, Schamane, Veihtüchter, Pierrieder, Geschichtenverteller, Gastgäber, Gast, Stammeshäuptling, Organisator, Philosoph un noch väl miehr. Hei vertellte, dat för de Tuwa de Altai un siene schoensten Barge sowat as Gott bedüden. De Tuwa hüüren tau ehren Altai, dacht sick Tschinag denn ok tau Beginn vun de 90er Johren. Hei hett in Europa mit Literatur twei Säck vull Geld verdeint hatt un is 1995 in de Mongolei führt un hett dor organisiert, dat dat Volk vun de Tuwa in ein' grote Karawan wedder trüchtreckt in den Altai un sei dor wedder as Nomaden läben. Hei hett Veih köfft un Autos un allens, wat ein so bruukt, un hett dat schafft, dat hüüt wedder 4 000 Tuwa vun sienen Stamm in ehr Ursprungsland in 'n Altai läben. Ein' lütten Mann hett dat fardig bröcht!

Vör ein poor Johren hett Galsan Tschinag wedder ein' niegen Drom drömt un in Hamborg bi de NDR Talkshow verkünnt: „Ick ward 1 Million Bööm in de Mongolei planten!" De Mongolei wier, as Dshingis Khan dor mal lostreckt is, ein Land, dat grote Wälder harr. Hüüt kann dat passieren, dat dor bald gor nix miehr wasst, wiel de Bööm afschlagen sünd un dat tau wenig Rägen gifft. Un wedder schafft de Mann dat: De Bööm warden plant un de Mongolei wedder 'n beten gräuner.

Dat niegste Projekt is de Plan mit klauke Wädermaker ut de Wissenschaft up de Feller vun de mongolischen Minschen wedder Rägen tau bringen. Mit grote Wäderkanonen willen sei Wulken an'n Häben scheiten, de sick denn afrägnen. Dat hüürt sick allens an, as dat 'n Märchen wier un siehr wunnerlich. Dat is 't ok. Ick glöw, ok dat ward tau klappen kamen.

Ein' Fru fröch em dunn in Teterow, wat hei denn glöwt: wenn de Altai de Gott wier, woans dat denn mit de Schöpfung woll west is? Un dor anterte de Philosoph Tschinag: „Wi Tuwa glöwen, dat de Schöpfung noch gor nich tau Enn' is. Wi glöwen, dat jeder Minsch jeden Dag de Schöpfer is."

So heff ick as Meckelbörgerin vun dissen Mongolen in Teterow liehrt, dat sick dat ümmer lohnt, wat Nieges antaufangen. As Minsch dörf ein 'n Drom hebben un dissen Drom in de Tat ümsetten, ok wenn de Drom ganz un gor verrückt schient: Jeder kann jeden Dag lütt anfangen.

VÖRWARDS

Rin in'n Toch. Dör tau. Dat wier schafft!

Den ganzen Dag bün ick in Rostock wäst, vun dat ein Amt tau dat nächste, tau de Universität un wedder trüch. Nu wier 't naug. Nu wull ick nah Huus …

Ick rammel' mit mien' Tasch un den groten Büdel vull Popierkram dörch den niegen Toch. Vun de ein Dör tau de nächste. Ick heff gor nich dacht, dat soväle Lüüd noch mit 'n Toch führn.

Dor is 'n Platz! Dör vun dat Afdeil openreten. Rin – un den Mantel ut un rupp dormit up den Gepäckstänner … Büdel henstellt, dat Finster openreten. Nu sett ick mi dal! Ufff.

Nah dissen vermaledeiten Dag wull ick nix wieder as mien Rauh. Still sall dat sien. Still. De Ogen taumaken …

Dor geiht de Glasdör wedder up. Ein Kuffer kümmt rin, achternah ein jungen Kierl, mit korte Hoor, 'n langen düstern Mantel. Ick möt an mienen warmen Mantel denken, mit den ick mi wägen de Schickigkeit afmäut harr, un möt grienen. De Kierl seggt: „Na, wullen Sei vörwards orrer trüchwards führen?" – „Dat is mi egal!", hüür ick mi seggen. Ein Dag mit soväl Arger un denn fragt de mi wat vun vörwards orrer trüchwards! So'n Tüünkram! Sitten wull ick, wieder nix! „Nee, dat is mi iehrlich egal", segg ick noch eins. De Kierl hett sienen Kuffer ümmer noch in de Hand, den Mantel tauknöppt bet an 'n Hals. Dat Finster is tauflagen. Mi ward schweitig bi so'n Bild. „Ja, ick mein blots", seggt de junge Mann „wiel Sei up mienen Platz sitten. Ick heff 'ne Platzkort." Miene Ogen gahn tau de Dör. Dörch dat Glas kann ick den Reservierungszettel, de dor anbackt is, gaud seihn. „Dat harr'n Sei doch gliek seggen künnt", gäf ick mi Mäuh, fründlich tau sien. „Sei koenen up Ehren Platz", segg ich, sett oewer kein Bein an. „Blieben S' man sitten. Mi is dat ok eins – ick führ giern vörwards!"

Nu, stell dienen Kuffer hen un treck dien' Mantel ut – süss ward mi schlecht.

De Toch steiht ümmer noch up den Bahnhoff. Ick oewerlegg, tau wegge Siet hei affführt … dor hen orrer tau de anner Siet?

Hei sett sick nu dal, mi gägenoewer an 't Finster. „Wann wi woll in Hamborg sünd?", fragt de Kierl. Oh, blots kein' Schnack – ick mach hüüt nich! „Ick will nich nah Hamborg", anter ick groww.

Gott-sei-Dank, nu kriggt hei 'ne Zeitung rut. De Toch ruckt an. Nu oewer nah Huus!

De Kierl hett recht hatt: Hei führt vörwards nah Hamborg un ick führ trüchwards nah Schwerin.

Schwerin – dor bün ick tau Huus. Dor bün ick gebuurn, upwussen, nah de Schaul gahn … wolang dat her is? Woväl' Johren …

De Toch jagt dörch den Dag. De Biller fleigen vörbi, so as leeg knipste Fotos blieben sei backen in unsen Kopp. Dat, wat ein' behollen deit, is nich so scharp, nich so genau. Dat Fotopapier, wat wi Gedächtnis nömen, is nich so gaud.

Vörwards orrer trüchwards?

Twei Ogenblicke vördem wier mi dat egal. Oewer nu, sitt ick dor un kiek ut dat Finster. Egal is dat man doch nich: Führst du vörwards, sünd de Biller nich noch leeger, sünd sei noch fixer vörbi? Dor sühst du blots kort, wat kümmt – un glieks is dat wedder vörbi un denn sühst all wat Nieges.

Trüchwards sühst du dat, wat kümmt later, oewer denn kannst du noch lang achterankieken un drömen.

De fründliche instudierte Stimm vun de Isenbahnollsch seggt: „In wenigen Minuten erreichen wir Bützow …" Knack …

In disse Lüttstadt, dor bün ick all fief orrer söss Johren nich west. Dorbi wier dat, as ick noch up Schaulmeistersche studiert heww, mien Bahnhoff! Dat wiern Tieden! Klock fief Mandagmorgen up den Bahnstieg sitten un up den Toch nah Güstrow täuben. Sommers un winters ümmer sooo mäud un mit dat bös' Gefäuhl in'n Buuk: So'n Schiet – wedder hest du för dit un dat Seminar nix dahn …

Bützow. De Bahn höllt an Bahnstieg 1. Dor heff ick ümmer stahn mit mien' Tasch. Man gaud, dat ick trüchwards sitten dau, süss künn ick de Städ vör den ollen Isenbahnschuppen gor nich seihn!

De Glastoch ruckt an. De Bützower Bahnhoff blifft man ganz lütt noch an de Kant twischen Häwen un Wischen tau seihn.

Schwerin – Bützow – Güstrow … so wier dat dunn vun mi ok nich dacht wäst. Nah Rostock heff ick wullt, as ick 17 wier. Englischmiss heff ick warden wullt. De wiede Welt heff ick in de Klass halen wullt! England – wo wiet is dat af wäst … Ja, wo wiet is ok de Kierl ut Hamborg, de nu mit mi in'n Toch sitt un graden an mien Knei stött, wiel hei inslapen is, af wäst!

Dor wier Rostock all 'n Abentüer. 1986 hebb'n sei mi as Englischschaulmeister nich bruuken wullt. Un in'ne Afstimmung mit de sozialistischen Praxis heff ick denn 'n Platz för Russisch in Güstrow krägen. Dunn heff ick den Platz annahmen, oewer wier dat nu trüchwards orrer vörwards? Doroewer heff ick woll mit 17 noch nich nahdacht … Russisch. Gott, wat heww ick dor roort. Nee, dat heff ick nich wullt.

Söben Johren heff ick mi denn liekers mit Russisch verdragen künnt, Examens makt un bün Schaulmeistersche dorför wurden. Dat wier nich ümmer so leeg. Nee, up 'ne anner Oort wier dat ok so'n Abentüer för sick …

„Meine Damen und Herren, in Kürze erreichen wir Bad Kleinen." De Kierl, de vörwards nah Hamborg führt, verfiert sick ollig, as de Toch bremsen deit.

Wenn ein trüchwards nah Schwerin führt, möt ein in Bad Kleinen ümmer noch rut ut den Hamborger Toch. Ümstiegen.

Ümstiegen heff ick ok wullt, as nah de „Wenn'" Hamborg un England dichter bi kämen un Russland gaaanz fix gaaanz wiet af wier un: alle Klassen blots half full!

Nu will ick Englisch in Rostock studiern!

De Toch höllt. Vun mien Plastetüüt mit den Popierkram un den annern Trödel ritt de Henkel. So'n Schiet. Mienen Wullmantel nähm ick rasch oewer 'n Arm, buten sünd woll 20 Grad.

Rut ut 'n Trüchwards-Toch. Dör tau.

Rin in 'n nächsten Toch. Un nu vörwards!

Plattdüütsch kläwt!

Hagenow hett nich blot Fru Püttelkow, nee, Hagenow hett noch ganz annere Originale tau beiden. Vör dat Rathuus in de Figurengrupp vun den niegen Sod steiht ok Fieken, dat Deinstmäken, un lustert niegelich, wat in de Lüttstadt woll so vertellt ward. „Dau, wat du willst, de Lüüd schnackt doch!“ is woll wohr. Oewer rädt ward woll väl un denn tau'n Glück ok wedder vergäten. Bi de ein orrer anner Geschicht is dat woll gaud so. Üm anner Geschichten wier dat schad', wenn keinein miehr wat dorvun weit.

Kuno Karls, de plattdüütsche Optikermeister ut Hagenow, hett sick nich blot üm bädere Sicht kümmert, sünnern sien Läben lang ok üm bädere Insichten. Karls hett recht tiedig begräpen, dat Geschichten ünnergahn koenen und dat wichtig sien kann, wat de Lüüd so räden. So hett hei all tau DDR-Tieden anfungen, allens tau sammeln: Wat de Lüüd so in Laden bi em vertellt hebben, oewer denn ok fuurts mit System. „Fiek'n hett schräben ut Hagenow“ is dorbi rutkamen. De iersten Hefte sünd all in de DDR rutkamen, twölf Bänd' sünd dat worden. In disse Bäuker geiht dat ok üm Geschichte un Geschichten, de dat ut Ost un West nah de Wenn' tau vertellen gäf. Karls schrifft: „... bei den vielen plattdeutschen Lesungen, die ich nach der Wende ‚drüben' gemacht habe, konnte ich keinerlei Negatives gegen ostdeutsche Befindlichkeiten verspüren, so wie es auch bei mir keine Schranken gegen … all die anderen gibt."

Hei schrifft oewer ok vun de annern, de sick nich lieden mögen un de den Tuun wedder hebben wulln. Tau'n Bispill blot för „Fiek'n" Nummer Söben hett hei miehr as 130 Lüüd utfragt un so is dat, wat hei upschräben hett ok för de DDR-Geschicht 'ne Inladung tau'n Stöbern mit Vergnäugen ok mang de 260 Fotos.

De ierst Geschicht vertellt, woans ein' Familie ut Büchen de Wenn verpasst hett, wieldat se de Wahnstuuw renoviert hebben un för 'n poor Dag kein Fiernseihn käken hebben. Geschichten oewer „Wendefründschaften" un echte Fründschaften stahn näben iernsthafte Berichte vun Abgeordnete ut de ierste friee Volkskamer in Berlin. Bewägend vertellt dat Bauk oewer ok Schicksale vun verschleppte un zwangsümsiedelte Familien ut dat Grenzgebiet un Geschichten vun Lüüd, de de Ärmel upkrempt hebben, de dat Arbeiden nich ierst liehrn mößten. Stasi un Treuhand un de Prozesse gägen Mielke un Honecker, allens finn't sienen Platz in de Erinnerungen vun de Minschen, oewer ok dat Sandmännchen un de Wildecker Herzbuben un Helmut Kohl in Hagenow. An allens dörften de Vertellers sick erinnern, dat Gaude un dat Leege. De Erniedrigungen, de ein sick ok nah de Wenn gefollen laten hett, wenn seggt wüür: Nu hebben wi de Ossis, nu bruuken wi de Türken nich miehr. Orrer wenn ein in Urlaub tau hüüren kriggt, dat dat an'n Gardasee nu tau vull is, wiel de Ossis nu alle Reisen nahhalen willen … Oewer seggt warden dörf dat in diss Bauk eins öffentlich. Un ick glöw, dat deit gaud.

All de gemeinsamen Ümtöch, Faschings- un Gordenfeste, vun de dat Bauk ok vertellt, maken Maud för dat düütsche Tausamenwassen. Un Kuno Karls hofft: „…wenn wir als Europäer erst 25 Jahre lang den Euro als Zahlungsmittel haben, ist von der ehemaligen Spaltung nichts mehr zu spüren.“ Dat Tausamenwassen bruukt oewer ok noch ein' annern Kitt: Uns Kultur in Ost un West ünnerscheidt sick doch nah de 40 Johren bannig, de hochdüütsche Sprak ok männigeins, oewer Plattdüütsch hett sick vun de verschieden Systeme nich beindrucken laten un so kann 't angahn, dat dörch Plattdüütsch dat eirer tausamenbackt, wat wedder tausamen hüürt.

VADDING

„Dat is oewer nu dat letzte Mal …“, schimpt sei. Ick stah up den langen, düstern Gang. De Wänn' sünd gäl tapziert, de Fautboden is reden un schier. Ick treck an de Dör, de so schwor geiht. De Drücker in mien' Hand is kolt. Ick schuw miene Schuller in de Dör un wutsch 'rin …

Dat ierste Mal, dat mien' Vadder för mi nich blot 'ne allmächtige, strahlende Person dorstellte, dor wier ick söss Johren olt. Klock fief keem mien Vadder jeden Dag de Strat dal, siene Aktentasch in de ein' un een Büdel in'ne annern Hand. All vun wieden kunn ick siene swatten Hoor un siene bruune Ledderjack seihn. Fuurts lööp ick vun dat dullste Spill wech, hen nah de Strat, up em tau, em in'n Arm! Vadding! Man blot: een Dag röp ick „Paapaaa!“ un lööp un lööp up em tau, miene Sandeletten klatschen up de Teerstrat … noch twei Schritt – batz – bleef ick stahn.

De Mann, de de Strat dalkeem, keek mi frömd an, wesselte siene Aktentasch vun de rechten nah de linken Hand un güng vörbi. Mann, wat wier dat schanierlich. Ick heff mi so schaamt. Mien Vadder keem denn teihn Minuten later un harr den Dag gor nich siene bruune Jack anhatt'. Ick harr em verwesselt. Mienen dächten Vadder! Dor wier wat af vun den Glanz un de Allmacht. Nie nich eins bün ick wedder Klock fief nah de Strat lopen …

Nee, ick glöw, dat wier liekers nich dat ierste Mal.

Dat ierste Mal keek ick mienen Vadder so an, as hei is, ick mein', ick wier acht Johren olt, as hei baben an'n Krankenhuusfinster stünn. Un hei seech so spillig un lütt ut. Ick wier noch tau lütt un dörf nich rin up Station.

Mien' Mudder stünn in Düstern mit mi in den Krankenhuusgorden, fast an'ne Hand anfatt. Un dor baben keem lütt bäten dükerig in'n Slaprock mien Vadder an 't Finster. Hei mößt sick upstütten up de Finsterbänk, wiel em 't so leeg güng. Ick kunn dat nich glöwen, dat hei dat is. Dükerig, lütt, klapperig … Vadding.

Dat ierste Mal wier dat woll liekers nich. Dat wier, as ick all grötter wier un all verstahn kunn, dat nich allens dat is, wat ein' dat dücht. Ok mienen groten starken Vadder, de allens kann un versteiht, de mi mit siene groten Hänn' oewerstraakt, de mi begäuschen un allens verkloren kann … Hei wier bedrüüscht un wüsst kein' Rat, as dat Land unnergüng, dat hei mi ok ümmer verklaukfideln kunn. Un ick kunn dat nu nich verstahn, dat dat dit Land, wat miene Heimat wier, nu nich miehr gäf. Hei kunn mi dat nich verkloren. Un hei wier ein' vun de iersten, de ehr Parteibauk nah de Kreisleitung bröcht un in Waschkorf smäten hebben. Dat wier dat ierste Mal!

Oewer, nee … Dat ierste Mal wier dat ok nich. Dat keem, as nah de Wenn' miene Mudder wechloopen wier nah'n Westen. Sei harr dei Schnut vull. Sei wull ruut in de Welt un wech vun mienen grotorrigen Vadder. Dor hett mien Vadder mi bass in de Ogen käken un fröcht, wat hei daun sall. Hei hett meint, dat dor woll kein Klauk miehr in is in disse Eh. Ick heff gliek wechkäken. Un ick kunn nix seggen. Un hei wüsst nich wieder.

Blots … nee, dat ierste Mal wier 't man ok nich. Mien' Mudder is wedder trüchkamen. Un sei hebben sick tosamen 'n lüttes Geschäft upbuugt. Dat lööp man nich ümmer so gaud. De Lüüd hebben ja tau'n grot Deil kein Arbeid un ok kein Geld hatt. Un wenn du denn wat verköpen sallst … Un as denn mien Vadder 'ne Gripp' harr un ick tau Besäuk keem: Hei harr hoges Feewer un säd, dat hei so krank lang nich wier. As ick dunn dat Bedd upschüürte, fünn ick ünner sien Kissen 'ne Pistol. Hei keek mi mäud' an un säd, dat dat woll dat Best wier, wenn hei nich miehr upsteiht. Dat wier dat ierste Mal, dat ick verstahn kunn, dat hei man ok blots 'n Minschen is. Dat hei man 'n Minschen is! Nich blot 'ne Glanzfigur …

Oewer richtig verstahn kunn ick dat woll – taun iersten Mal – as hei wedder gesund wier un 'n poor Weeken later bi uns up 'n Hoff bi de Dackdeckerie hulpen hett. Mien Vadder, de asige, bedräwige Kierl, ok blot – orrer sogor 'n Minschen –, de allens wedder gaudmakt mit Oewerstraken un Verkloren. De allens trechtkriggt. De seet nu in'n Schatten oewer Meddag ünner unsen Appelboom. Säd still: Dat kann ick nich miehr. Dor heff ick seihn, dat mien Vadder un ick öller wor'n sünd. Dat ick nich miehr söss bün un up de Teerstraat up em taupeesen dau. Dat siene Hoor gries wiern. Sien Gesicht ok.

Ick stah in dat lütte Krankenhuuszimmer. De Bettbetoch is gräun, de Wänn' gäl as up den Gang buten. Taun drütten Mal bün ick hüüt all hier. Hüüt Morgen heff ich Appels bröcht, hüüt Nahmeddag wier ick mit mien Mudder tau Besäuk. Klock söss wier noch eins Tiet taun Besäuken. Dor wier ick all wedder dor. Allein. Vadding un ick kloenten oewer dit un dat, dat Geschäft, mien' Auto … Ick vertellte vun mien' Arbeit un vun miene Dochter un denn wier de Stunn üm. Ick seggte „Tschüßing" un streek mien' Vadder an de Schuller. Ick güng. Miene Finger brennten vun dit Oewerstraken. Ick wier all ünnen un ut de Krankenhuusdöör ruut, dunn kiehrte ick üm.

Un nu stah ick an sien Bedd. Vadding kiekt mi grot an. Un mien Vadder seggt: „Ick bün bang." Tau'n iersten Mal.

WENN DE GOTT OEWER NU 'N LOCK HETT ...

„Gott is dod!", seggt Nietzsche. De Gott, de dodbläben is, dat wier 'n ganz fiesen, vermaledeiten Hochstapler! Man blot 'n ganz gewoehnlichen Kierl wier dat. Hei hett sick för Gott utgäben, hett den ganzen Uptoch gaud organisiert, hett Johrhunnerte lang Werbung för sick makt mit de schoensten Gemälde un mit Gotteshüüser un Gottesdeinste un sowat allens. Un nu löppt dat nich miehr so. Krise. Un nu sall hei dod sien? Hett Gott sick vör 'n Toch smäten?

Tjä, mi dücht, mit so'n Gott, de so utsüht as de Wiehnachtsmann vun Coca-Cola, is dat ok nich so infach. Wiel hei 'ne Minschengestalt hett, hüürt ok de Vörstellung dortau: Gott = oller Opa = kort vör't Dodblieben. Zack un wech. „Oewer, glöwen mötst du!", hett mien Oma mi ümmer un ümmer wohrschucht. „Wenn du nich weitst, ob dat Gott gifft, denn glöw man leiwer!" Stimmt, kann ja nich schaden. „Glöw man nich an 'n Paster, Diern, dat is nich dat Richtige. Oewer jichtenswat gifft dat in de Welt!" Dat wier O-Ton Oma!

Jichtenswat gifft dat in de Welt, oewer wat?! Marx, Engels un Lenin, an de wi ok so schön glöwen kunnten, de sünd ok storben. Wier'n ok olle Opas mit 'n langen Bort. Dod. Also, möt ein an jichtenswat glöwen, dat kein' Bort hett.

Anner Völker glöwen ja ahnhen ganz anners. De hebben ierstmal väle Götter. Dat finn ick all wunnerbor gediegen. Bi so väle Lüüd up de Welt kann doch ok ein Grotvadder allein gor nich de Arbeit schaffen, up uns all uptaupassen. Wedder anner Kulturen glöwen, dat de Götter in de Natur sitten orrer dat se de Natur sülwst sünd. Un dor ward ick richtig neidisch up de Mongolen, Sioux und Indigenas: De glöwen, dat de Barge und de Vulkane ehre Götter, ehre Öllern sünd. Oewer hier, bi uns in Meckelborg-Vörpommern? Wi hebben offiziell ok 61 Barge bi uns, dat tellt vun 49 m an, oewer – as so väl bi uns – will'n de Barge nich so recht in Häwen wassen: Bi 179 m is de Helpter Barg tau Enn. Ofschonst dat ok schoene Namens gifft bi uns Barge, de künnten schoene Götter afgäben: „Papa Petersilienbarg“ (154 m, Meckelborg-Strelitz) orrer „Vadder Voßbarg“ (104 m, Nurdwestmeckelborg). Oewer mi dücht, an de Barge kann ick nich so recht glöwen, dor ward nix vun. Un nu? Wohen mit all den Globen?

De Mongolen glöben oewer ok noch wat anners: Sei iehren de Stein, de sünd ja Stücken ut 'n Barg un dorüm hillig. De Tuwa, tau'n Bispill, de setten in'n Altai lütte Hümpel ut Stein up, de Oowoos, un de achten un iehren se denn. De Stein hebb'n all de göttlichen Kräfte in sick … Un nu schütt mi dat in: Na, klor, disse Idee is för Meckelborg-Vörpommern fürwiss dat Richtige, denn wi hebben all lang, wat dorför nödig deiht: „holy stones“, Trutelstein, Krottenstein! Wi

Ost-Elbier seggen dortau Häuhnergott! Sühst: so passt dat! Oewer wat hebben disse ganz besünneren Stein mit 'n natürlich Lock dörch mit Häuhner tau daun? Dat hangt nu wedder mit Lenin siene Lüüd tausamen: Bi de Russen, oewer ok up de Krim, dor hebben de Lüüd dissen hilligen Stein „Kurinij Bog", äben „Häuhnergott", nömt. Dissen Namen finnen wi 1927 dat ierste Mal in düütsche Fackbäuker.

Ok, wenn disse Löckerstein in verschiedene Gägenden vun uns Welt verschiedene Namens hebben, eins is doch gewiss: Oewerall warden disse Glücksstein besünnere, hillige Kräfte tauseggt. Sei schützen dat Veih, maken, dat de Häuhner väle Eier leggen, schützen vör den bösen Blick, vör leege Geister. Sei maken fruchtbor, wiel sei äben ok 'n bäten utseihn as Mudders Schot. Häuhnergötter bewohren den Dräger vör all den bösen Kram un slichte Drööm, egal ob du den Stein as Amulett drägst orrer in de Büxentasch. An'n Dackstauhl hängt, schützen sei dat Huus vör Blitzslag. Leege Geister kamen nämlich nie nich dörch de Döören, sünnern ümmer dörch lütte Ritzen un Slötellöcker. Vun de Löcker in de Häuhnergötter warden sei verbiestert, denn sei koenen dat rechte Lock nich miehr finnen, üm rinne tau wutschen. Un so trecken sei wedder af.

So bringen Häuhnergötter Glück. Dat Glück, dat mötst du finnen. Tau'n Bispill bi uns an'n Ostseestrand. Holl de Ogen apen, oewer säuk nich tau sturköppsch, denn warst du Glück hebben un dat Gaude finnen. Dien Glück deilt sick sogor, wenn du ein Häuhnergott mit gauden Sinn verschenkst. Un kann Gott miehr sien as dat?

„WIE SCHÖN 'S HIER WAR, HA-HA-HA ..."

In de DDR wier nich allens so leeg, gäf ok gaude Saken. De Lüüd sünd dichter tausamen rückt un: Wi kunnten improvisieren! Dat gäf nich so väle Autos und up de Strat kunnten Kinner allein ünnerwägens sien. Un de Sünn hett lacht oewer uns lütt Heimat. Wenn du dissen Deil vun de DDR noch mal eins wedderfinnen willst, denn mötst du tau Sommertied nah de Insel Hiddensee führen. Up den iersten Blick markst du dat nich glieks. As ick ankeem, wier ick doch verbaast, wo dull sick Vitt verännert hett: niege Hüüser, bunte Fahnen un Souvenirhökers glieks an'n Haben.

Oewer denn bün ick in den EDEKA-Markt gahn. Ick fäuhlte mi fuurts in miene Kinnertied trüchversett, in de Koophall bi uns in Niebuug an Friedagabend. Twei Kassen un so'ne langen Schlangen un so'n vullen Koopmannsladen heff ick all lang nich miehr seihn! Vör eine griese Döör in den Laden stünn 'n Inkoopswagen. Doran 'n Pappschild: „Flaschen in den Wagen stellen!" De gaude olle „Flaschenannahme", wo Paula de Buddeln tellt, insortiert un uträkent, woväl du kriggst. An de Glasthek hangt: „Von rechts anstellen!" Klor, so wier dat. Wegger sick verkiehrt anstellte, de kreeg nix, ofschonst de ein orrer anner vör 25 Johren doch vun vörn an de Reihg keem un denn wüür'n de Fleeschpaketen oewer den Tresen schaben.

In't Regal steiht „Küstenbutter" nah dat DDR-Rezept vun de Rahmbutter, oewer de wi tau DDR-Tieden noch schimpt hebben, wiel soväl Water dorin wier un nich soväl Bodder. Hüüt köpen wi dat wedder giern, hüüt kann ein froh sien, wenn blot Water in de Bodder in is. An den Bäckerstand in de Koophall, de hüüt „Lila-Bäcker immer läcker" heit un fröher VEB wier, steiht ok dortau de passige Werbung: Vertrautes NEU entdecken! So is dat ok mit Hiddensee. In't Zeltkino gifft 't DEFA-Filme för Kinner „Das blaue Licht" un „Alfons Zitterbacke". De Kinner seihn ut as wi fröher: Ledderbüxen un Nicki. Un se kamen ganz allein mit 'n Fohrrad tau Kino mit 'n Daler in 'ne Tasch. In 'n Bäukerladen in Vitt is dat Schaufinster vull mit Klassiker ut den Kinderbuchverlag DDR. Up de Seebühn gifft dat tau den Johresdach ein Gastprogramm: „60 Jahre DDR – ein Fahnenappell".

De Kutscher Stephan vertellt mi, dat dat mit de Touristen man so'n Sak wier: „Tau DDR-Tieden hett de FDGB allens regiert, denn wier mit Mal Westen bi uns, oewer de Ost-Lüüd sünd denn ierstmal nah Spanien un Mallorca führt. Nu", seggt hei, „hebben sei sick woll de Hüürn afstött un kamen wedder nah Hiddensee. Väle vun disse Ehemaligen schimpen nu, dat se kein Quartier finnen, dat dat nich miehr allens so utsüht as fröher un, un, un … Wi künnen doch nich 20 Johren den Kopp in den Sand stecken un up uns DDR-Lüüd täuben!" Un siet de Wenn kamen ja ok „de annern". Ut Österreich, ut de Schweiz un ut 'n

Westen vun Düütschland. „De annern“ sünd anners … In Kloster gifft dat ein Fischbistro, dor gifft’ besünners schöne Fischbrötchen, Soljanka un Sanddornkauken! ’ne Westfru fragt, wat denn woll „Soljanka“ is un ein Ostfru sorgt sick ut Erfohrung: „Reicht der Kuchen denn auch noch?“ Reini is plietsch un seggt: „Wi hebben soväl dorvun backt, dat wi em sogor verköpen möten!“ Ok bi Reini steiht ’ne lange Schlang in den Laden. Hei verwohrt sick gägen dat niege Tempo, hier geiht dat ümmer kommodig tau. Oewer korrekt un ok ’n bäten streng: Sünd Sei Gast bi mi? Nee? Denn kann ick Sei den Schlöttel för de Toilett nich rutgäben! Käpt’n Reini hett den Kloschlüssel direktemang an siene Büx antüdert. Up ’n Klo hangt ein Schild: Ganzkörperwäsche verboten! So’ne frechen Touristen hebben sei hier all beläwt! ’ne Fru ut Bayern geiht ok glieks dörch bet tau de Klotür un stellt argerlich fast: „Dös Häusl dorhinten is jo gschlossa!“ Ehr Mann: „Is eh Selbstbedienung!“ Un wech sünd sei! Reini hett liekers siene Kunden: Männigeins kamen de Tagestouristen roewer un hebben blot twei Stunnen Tiet un de stahn sei denn bi em för Äten an!

Ein anner grot Geschäft up de Insel is Fohrrad-Verleih. Un ok hier geiht dat ümmer mit de Rauh, väl schnackt ward nich. De Hiddenseer seggt, wat nödig is un meint dat fründlich. „De annern“ warden dor denn schon mal ungedüllig orrer „schwätze“ ümmer so egal wech. Wat de Hiddenseer dorvun höllt, steiht an de Wandzeitung in kyrillischen Baukstaven:

„Wenn du das lesen kannst, bist du kein dummer Wessi!“ Oewer bestimmt ’n Ossi, de ok nich kläuker is un vun den’n de Hiddenseer ok blot dat Beste will.

„Tanten Büchsel is wedder dor!“

„Läben in'n Takt vun dat Piergetrappel …“, so steiht dat in ein Touristenprospekt oewer Hiddensee. Dat is Romantik pur, glöwt ein'. Kein Autos, wenig Lüüd un blots Pierwagens! Un natürlich stellt ein sick vör, dat af un an dat ein orrer anner Schipp still vörbituckert. Up de anner Siet freut dat den Touristen ok, wenn dat 'n gaud sortierten Laden gifft up de Insel un 'n Kraug, wo du frische Saken tau Äten kriggst. Un wenn du ankümmst up Hiddensee, denn föllt di up, dat dat bannig wiet af is vun't Festland un dat dit ganze Tüügs ok jichtenswie dorhen kamen möt.

Un dat Gepäck möt ok in 't Hotel un so wieder un so wieder … As ick ankeem, stünn dor ok ein Pierwagen in'n Haben, oewer väl miehr Handwagens för dat Gepäck un dor führten ok lütte Elektroautos rümme mit grote Anhängers un dat Müllauto un de Inselbus un de Dokter un de Polizei, de hebben ok Autos. Un liekers: Tauierst denkst du viellicht, Hiddensee is ok nix Besünners, oewer mit de Tiet kümmst du dor achter un nich mihr vun los. Väle hett dat so gahn, sei sünd henführt nah dat „söte Länneken“ un ümmer wedderkamen. Schriewerslüüd, Stars, Wissenschaftler un Maler, Maler, Maler. „Dor up Hiddensee gifft dat 'ne besünnere Landschaft un ein besünners Licht,“ seggen de. Kloster, Vitt, Neuendörp, Gellen, Grieben, Dornbusch: Oewerall süht dat wedder ganz un gor anners ut. Un sogor wenn de Häwen mit Wulken tauhängt is, liggt dat Land in ein besünneres, sünnerbores Licht. Un wenn de Sünn ierst schient!

So ähnlich is dat woll ok „Tanten Büchsel“ gahn. Dat „Malwiew“ ut Stralsund is vun 1904 an jedet Johr den Sommer oewer up Hiddensee west, hett bi de Fischers Quartier makt un sick gaud mit de verdragen. Platt hett se schnackt mit de Lüüd un de Kinner hebben ehr den Namen „Tanten Büchsel“ verpasst. Elisabeth Büchsel (1867 – 1957) hett richtig up Kunst studiert bi berühmte Lüüd, hett in Paris un Berlin läwt. Oewer liekers is sei de Inselmalerin wurden. Ein halw Johrhunnert hett sei de Landschaft, de Lüüd, de Frugens un de Fischers malt. Un ümmer wedder: Hiddenseer Kinnersnuten, Kinnersnuten! För mi sünd dat de schönsten Biller: Jungens, de plietsch üm de Ecken kieken un lütte Dierns mit Druuwappelgesichter. Iernst un klauk kieken de Kinner, ruug un stolt hollen de Fischers ehre Näs’ in den Wind. Dat allens is wieder af vun Kitsch un Heimatromantik as dat Läben in den Takt vun dat Piergetrappel … Dat is echt. Dat is Kunst. Dat is Hiddensee.

„Kenn' Se den Kierl …? Sporkasse Vogtland."

„Kenn' Se den Kierl …? Sporkasse Vogtland.", dit fröch mi de Verköperin bi uns in'n Konsum. De Kierl harr grad inköfft un wier rut ut de Döör. „Hei harr kein Bargeld un denn hett hei mit de Kort betahlt: Sporkasse Vogtland. Kenn' Se den denn nu?"

„Ja", säd ick. „Ick weit, dat is de Maler, de hier in uns Dörp inquartiert is. Hei kümmt ut Sachsen un hei malt hier twei Wochen in de Leiwz. Un denn ward siene Utstellung eröffnet. Kamen Se doch ok vörbi."

Volkmar Förster hett in de 70er Johren in Meckelborg wahnt. Hei wier in Schwerin bi 't Theater un hett dorför sorgt, dat de Bühn gestaltet wüür. Ok as ganz jungen Mann hett em Meckelborg all wat ganz Besünneres bedüüd. Meckelborg, dat wier Frieheit.

1939 in Chemnitz gebuuren, hett Volkmar Förster in Sachsen läwt un dreimal studiert: wat mit Technik, wat up Schaulmeister un denn wat up Kunst. As hei as Schaulmeister nich miehr arbeiden wull, hett hei nah de Volksbillung Andräg schräben, dat se em rutlaten ut de Schaul. Oewer dat wullten de nich un denn is Förster utneiht: Nah Meckelborg is hei kamen un de Frieheit, dat wier de Ostsee. Dor an de See wier twors de DDR tau End', oewer dor wier taumindst kein Tuun. Un hei hett sick mit Gelägenheitsarbeiden dörchslahn un hei wier jung un dat wier ok süss 'ne schöne Tiet.

As hei inladt wüür, wedder nah Meckelborg tau kamen un hier in Banzkow bi Schwerin in de Leiwz tau malen, hett hei glieks tauseggt.

Morgens hett hei ümmer malt un nahmeddags is hei mit' Fohrrad in de Leiwz führt, üm Skizzen tau maken. Förster is ein' drahtigen Kierl mit 'ne Brill, 'n Bort un 'n Strohhaut up 'n Kopp. Hei harr achtern up sien Fohrrad de Saken up, de hei tau dat Malen bruukte. Siene Kledasch wier vull mit bunte Plackens. So wier tau seihn, dat Malen ok 'ne Arbeit is.

Volkmar Förster is tauierst hier ümherradelt un wüßt nich so recht … de Leiwz? Wat is dat för 'ne Landschaft?

Vör 30 000 Johren wier up dit Flach 'n groten Hümpel Ies un Schurrmurr. As dat Ies updäugt wier, wier de Leiwz 'n bannig groten See un denn wüür dat Modder un Glodder. Dormang wier ümmer mal eins 'n beten Land un 'n poor Bööm. Vör 10 000 Johren wier de ganze Leiwz Busch un Holt un See un Sümp. In de Steintied hebben de Lüüd sick oewer hier liekers wollfäuhlt un denn füngen se ok an mit de Landwirtschaft un Veihtucht.

Bi de Völkerwannerung hebben disse Ur-Meckelbörger denn ok mitmakt un sünd wegtreckt ut de Leiwz. Dorför keemen de Slawen. De hett dat hier in den' Morast gefollen un de hebben de Leiwz ok ehren Namen gäben. „Lewitz“, as dat touristisch-offiziell up hochdüütsch heit, dat kümmt nämlich vun „lowit“ und dat heit „up Jagd gahn“ … As de Lüüd nich miehr blots jagen wullten, sünnern ok Käuh tüchten, bruukten se Wischen, denn wüür de Leiwz melioriert. Dortau hebben se väle Grabens un Kanals dörch de Wischen buddelt un Brücken buugt un Siele.

De Leiwz hett dorvun ein ganz anners Utseihn krägen: schnurgrade Grabens un Bööm dor lang, grote platte Wischen för de Käuh. Dat is ’ne Kulturlandschaft, de de Minsch makt hett.

Nich dat idyllische Meckelborg mit de Rieddäcker un de blage, hohge Häwen hebben Volkmar Förster interessiert. Nee, disse Landschaft, de de Minsch makt hett, de Siele, de Kanals, ohn de de Leiwz hüüt wieder nix wier as Sümp un Pütten – dat hett Förster inspiriert, dat hett hei malt.

Ruttaufinnen, wat nu för de Ogen vun ein’ Frömden upfällig is, dat is dat Beläwnis.

Un wenn Se denn einer fragt: „Förster. Kennen Se den’ Kierl?“ Denn könn’ Sei seggen: „Ja!“

PINSELKUNST STATTS PÖTT UN PANNEN

Bi uns in't Land gifft ja väle lütte Urte, de hebben olle Hüüser, Water, 'ne Moehl un de ein orrer anner hett ok 'n Museum.

Schwaan, de lütte Ackerbörgerstadt 20 Kilometers vun Rostock af, hett dat allens ok tau beiden. Un doch is in Schwaan väl ok ganz un gor anners:

Twors hett Schwaan midden in de Stadt ok 'ne Moehl, 'ne olle Watermoehl. 300 Johren hett de all up 'n Puckel. Hüüt süht se wedder ut as nie. Dat Besünnere oewer an disse Schwaan'sche Moehl is, dat dorin ein Museum siene Städ' funnen hett. Klor kann ein' dor ok ankieken, woans so'ne Moehl fröher arbeit' hett. Ok dat Huus mit de ollen Balken is noch antauseihn, wat dat mal wier. Doch, as dat dorüm güng, de Moehl trechttaumaken un uttaustaffieren, dor hebben de Schwaaner seggt: „Wi will'n Kunst dorin seihn un nich 'ne Pött-un Pannen-Utstellung!"

Anschaben un unnerstützt hett disse Ünnernehmung 'ne Schwaaner Diern, de Platt schnackt un mit ehre Stadt fast verbunnen is: Lisa Jürß. As Kunstwissenschaftlerin wier sei väl ünnerwägens, wier väle Johren de Chefin vun de Kunstsammlungen in Schwerin, hett väle Bäuker schräben un un un … Oewer nie nich hett sei vergäten, dat dor noch wat wier mit Schwaan un de Schwaaner Malers, dat sei wat daun will för de Schwaaner Künstlerkolonie.

In Schwaan 'ne Künstlerkolonie? Vun Worpswede hett ein' ja mal wat hüürt orrer vun Hiddensee, viellicht ok noch Ahrenshoop – oewer Schwaan? Dat kennt ein' ja, wenn 't hoch kümmt, blot vun de Fischfabrik: Sardinen in Oel. Oewer Schwaaner Biller in Oel? Nie nich wat vun hüürt?

Dat is schad! De Schwaaner Künstlerkolonie wier oewer ok binah vergäten. Dorbi wier Schwaan üm de Johrhunnertwenn' 'n groten Touristenurt un de Schwaaner hebben all jedet Johr up de Malers täuwt.

De Maler Franz Bunke (1857 – 1939) wier ok in disse Lüttstadt gebuuren, hett Platt snackt, hett in un üm Schwaan teikent un malt un denn in Weimar bi den berühmten Professer Hagen studiert. Ümmer wedder un bet tau sienen Dod keem hei oewer nah Schwaan un hett de Landschaft hier malt. As hei denn sülwst in Weimar Professer för Landschaftsmalerei wier, keem hei vun 1892 an jedet Johr mit all siene Schäulerinnen un Schäuler nah Schwaan tau'n Malen. Hei hett sogor interessierte Lüüd ut Schwaan ünnerricht un de bibröcht, woans sei den Pinsel hollen möten. So hett hei denn ok de Schwaaner Rudolf Bartels un Peter Paul Draewing den Rat gäben, nah Weimar tau'n Studieren tau kamen. 1902 keem denn noch de Hamborger Alfred Heinssohn dortau. Sei kennten sick all ut Weimar, oewer Landschaft malt hebben sei in disse Rostocker Gägend üm Schwaan.

So grünn'te sick denn 'ne Künstlerkolonie, wat dat tau de Tied all in ganz Europa gäf. De Malers wullten twors in de Nähg' vun 'ne grote Stadt sien, oewer liekers up 'n Land läben. Sei malten glieks in de Natur un so entwickelte sick hier in Schwaan 'ne ganz besünnere Landschaftskunst. De Maler mit de gröttste Bedüdung is woll Rudolf Bartels wurden. So as hei malte üm 1900 'rümme noch keinein.

Bartels is ok de leiwste Maler vun Lisa Jürß, oewer kümmert hett sei sick ehr Läben lang ok üm all de annern ut de Kolonie. Siet 1990 hett sei sick flietig un steinpöttsch dorför insett', dat dat in Schwaan 'n Museum för disse Malers gäben sall. Sei wier Museumsrätin un hett ok sülwst dorför sorgt, dat de Biller vun de Schwaaner Künstler wedder nah Schwaan keemen. Sei is sogor 'rümführt un hett de Lüüd, wegge Biller vun Bartels, Bunke & Co. harden, oewertügt, dat sei disse Schätz' afgäben för de Galerie. Ok all in ehre Schweriner Tiet bi't Museum hett se sick üm Bartels siene Biller bemäuht: As sei anfüng in Schwerin tau arbeiden, gäf dat man blots drei Biller in de Sammlung. As sei uphüürte as Museumschefin, wier'n dat all 40 Stück!

För Schwaan kann sei bannig stolt dorup sien, dat dat berühmte Bild „Laternenkinner" vun Rudolf Bartels wedder hier tau seihn is. Dat wier up 'ne Auktion in München verköfft an ein' privaten Kunsthännler ut Hamborg. Mit de Hülp vun de Sporkassenstiftung un de Rostocker Sporkass hett dat klappt, dat Oelbild trüchtauköpen. Oewer den Pries ward natürlich nich schnackt! Dit Bild is so schoen: de lütten Gören bi't

Laternegahn, de Laternen so hell un lüchten, dat ein meint, achter dat Linnen wier woll 'n Talglicht upstellt!

Teihn Johren hett dat dunn in' ganzen duert, bet dat mit dat besünnere Museum för Schwaan klappt hett. In 'n Oktober 2002 wüür de olle Watermoehl as „Kunstmoehl" upmakt.

Führn Sei mal eins nah Schwaan, denn dor gifft miehr as blot olle Hüüser, Water, 'ne olle Moehl un 'n Pött-un Pannen-Museum!

„Stah bi dien Dochter in ehr Not ..."

In'n Theater heff ick seten un bet tauletzt nipp taukeken, grote Oogen makt un vull Bang dacht: „Dat sei dat Stück nu nich noch kort vör 't Enn vermasseln!" Dörch wat Ungenauet, dörch Kitsch orrer irgendein Hokuspokus. Dat harr mi leed dahn för Mephisto, Greten, Faust un de annern …

De Fritz-Reuter-Bühn Schwerin hett dat wagt. Ünner Regie vun Bernd Reiner Krieger hebben sei sick nah Schlager, Udo Lindenberg un Musical up Platt ok „Dat Späl vun Dokter Faust" vörnahmen hatt. För de Schwerin'sche Fassung, de Manfred Brümmer nah Friedrich Hans Schaefer sien' Stück schräben hett, stünn in dat Programmheft vun de Reuter-Bühn: Wegge den „Faust" wagt, de kann nich gewinnen, de kann blot up de Näs lannen.

Oewer viellicht kann hei ok up den'n Punkt lannen, orrer in dat Schwatte drapen? Dat, wat wi in Schwerin tau seihn krägen hebben, is so ein Punktlannung west.

Faust (Andreas Auer) is nich taufräden mit sien Läben, hei will dat noch eins weiten. So'n Kierl, de in de Midlife-Crisis kümmt, denn tweiten Frühling beläwt. Un denn ritt so'ne Kierls ja ofteins de Düwel un denn möt dat noch eins 'ne jungsche Diern sien. Faust hett de Schnut vull vun dat Liehren un Studieren, de Düwel rükt dat un wat makt hei? Hei makt 'n Bummel in'n Häwen un kiekt mal bi den Herrgott (Hans-Joachim Puls) vörbi. De Herrgott – bi de Reuter-Bühn in Schlarben, Nachthemd un mit de Piep in Brand – hett nix Bäderes tau daun, as mit Mephisto (Eberhard Bremer) üm Faust tau spälen. De Düwel kriggt vun em frie Bahn, hei kann daun, wat hei will, üm Faust in de Höll tau kriegen. De beiden maken ein Verdrag, jeder rückt rut, wat hei will. Un denn will Faust 'ne Diern, wat Schnurriget för 't Bedd, un begägent Greten (Stefanie Fromm) in ein Kraug.

Dat ganze Drama spälte sick bi Krieger un Brümmer dor af. So wüür för dissen „Faust achter'n Diek" Auerbachs Keller un de Brocken insport, allens kunn sick in dissen Dörpkraug taudrägen.

Faust verlangt dat nah Greten. Hei drifft den Düwel an, 'n Geschenk tau besorgen, dat hei Indruck up de Diern makt un sei ok kriggt. Faust weit oewer nich, dat de Insatz för dit leege Späl, dat hei un Mephisto drieben, grad disse truschüllige Diern mit dat Druuwappelgesicht sülwst is.

Greten is in dit Drama väl miehr as blot 'n Versäuk vun Mephisto, Faust 'rümtaukriegen, dat hei den mit Blaut ünnerschräbenen Verdrag inlöst, dat hei taufräden is un seggt: „Segg ick mal to en' Ogenblick: Bliev stahn, du büst dat höchste Glück, …"

Greten wier in disse Schwerin'sche Fassung för mi de Figur, de Indruck makte, un ok de annern, de mit mi an dissen Abend ut de Theaterdör rutgüngen, diskutierten nich oewer Faust orrer de Wett, de hei mit

’n Düwel harr. Nee, de Lüüd wiern füünsch, dat Greten nu de ganze Schuld kreegen harr, ofschonst sei doch gar nix dahn hett. Sei sträden oewer Männer un Frugens un dat dat doch nich angahn künn, dat de Kierls ahn ’ne Straf dorvonkeemen.

Stefanie Fromm as Greten hett dat grotorrig schafft, dat de Minschen in dat Publikum mit ehr mitgahn koenn’ : den Wech vun dat unschüllig Mäten, dat vun rein gor nix weit, oewer de verleiwte Diern, tau ein Minschen, de Schuld up sick ladt hett un de ein liekers nich verurdeilen dörf. Faust is utneiht, wiel hei Greten ’n Kind makt un denn ok noch ehren Brauder ümbröcht hett. Sei blifft mit ehr Schuld nu ganz allein.

Dat gifft Regisseure, de warden „Billerbrenner“ nömt. Dat heit, dat de dat schaffen, dat sick Biller ut de Inszenierung bi den Taukieker inbrennen, fastsetten. Dat, wat up de Schweriner Bühn keem, sünd so ’ne Biller: Greten liggt up den Fautboehn un bädt’ tau de Mater Dolorosa: „O, help mi, Mudder, vör Schann un Dod … stah bi dien Dochter in ehr Not!“ Un as Taukieker wünscht ein sick, dat ehr einer helpt un wenn dat ok disse Madonna is, wenn nich noch bäder de Herrgott.

Oewer Gott schmökt woll grad ’ne Piep, hei mellt sick gor nich. In de Schwerin’sche Fassung nich mal, üm Greten tau vergäben. Sei sülwst spräkt sick vun de Schuld frie: „Ick bün rett’“, sünd ehre letzten, starken Wüür. Hier kümmt kein Stimm vun baben. Ok vördem nich, as de Inwahner vun Gretens Dörp ehr fatkriegen, sei fastbinden un ein Lynchgericht afhollen wägen dat Kind, dat Greten in't Lief hett, ohn dat sei verfriegt wier. Dor helpt keinein: nich Faust, nich Gott, kein Minsch! All de Nahwers, Männer un Frugens ut dat Dörp sünd mit dorbi un hebben för Greten blot Spott un Schann un Schläg' oewer. Dor bruukt ein' denn ok kein' Walpurgisnacht up 'n Brocken. Hier wüür wiest, dat de Düwel in jeden von uns sitten kann, dat hei ok ein Deil vun Faust is, denn hei hett nah dit Drama verlangt, dat bannig grot plattdüütsch Theater up de Fritz-Reuter-Bühn Schwerin wier.

DE LÜTTE DICKE

Sei hett de Gesichter achter em fuurts seihn, 'ne ganze Trupp niegeliche Oogen wier dor, üm em oewer de Schuller tau schuulen.

Dit wier dat ierste Mal, dat sei in dissen düstern Kraug wier. De Nacht wier noch jung un liekers wüsst sei all, dat de Morgen ehr upfreten wüür. Fix harden sei sick ümkeken. Sei söchten in disse Spelunke noch 'n Platz tau'n Sitten. Man, sei dörften nich kennt warden. Hei wieste ehr den Wech dörch dat vun Rook verquooste Lokal tau de achterste Eck. Dor wier 'n Disch frie.

Gliek, as sei sick dor hensett harr, wüür sei den lütten Dicken tau'n iersten Mal gewohr. Stief keek hei up ehr. Ofschonst hei lütt wier, fäuhlte sei, dat hei up ehr dalkeek. Hei wier ein vun de Kierls, de ümmer glöwen, dat sei uttaxieren künn', wat för 'n Minschen sei gegenoewer hebben. Sei markte, woans sei sülben all in ein vun siene Schüüw 'rinnerutschte. Sei probierte, an wat anners tau denken un nich miehr tau den Dicken hentaukieken.

Still schnackte sei mit ehren Begleiter. Fuurts fäuhlte sei sick licht un frie in ehren Schnack oewer dit un dat. Dat harr woll ok mit den roden Wien tau daun, weggen sei in hastigen Slucken drunken harr. De beiden quasselten, lachten as all lang nich miehr.

Up eins wüürn siene Oogen iernst. 'n Schleier leggte sick em up de kloren Oogen. Sei wüsst all, nu wüür hei gliek oewer ehre heimliche „Fründschaft“ schnacken, de dat ganz un gor unmögelich makte, dat sei beiden ein Poor wüürn. Wedder un wedder wüür hei nu gliek fragen, woans dat wierergahn künn. Dorbi wüür hei ehren Gefäuhls-Acker pläugen, wat ’ne leege Arbeit wier, un denn, sweitig vun de Fragerie, dat Camembert-Brod äten, dat de Kräuger up ’n Disch stellt harr. Sei markte dat woll, oewer hüüt wier sei nich bang. Klor un liekers nervös keek sei em an. Siene Fragen un all de schoenen Wüür sprudelten ut em rut un as mit ’n groten Bessen fegte hei ehr dat Hart ut. De ganze Schiet un de Angst föll dorvun up den groten höltern Disch, an den sei saten.

Up einmal markte sei wedder, dat de lütte Dicke mit ’n Glatzkopp taulusterte. Ganz unschenierlich. Un sei markte, dat sei nu all binah in sien grotet Schapp mit de Schüüw verschwunnen wier. Sei kunn dat ja verstahn, oewer sei fragte sick, wat för ’n Etikett de Dicke woll up ehren Schuuw upbacken wüür? För den Dicken wier dat sünnenklor: Vör em kunn sei sick nich verstäken. Hei hett up de Städ seihn, dat sei teihn Johr öller wier as ehr Gegenoewer, de nu graden dorvon drömte, mit ehr tausamen tau blieben as ’n Poor. De lütte Dicke harr ehren Mudder-Blick seihn, mit den sei den üm so väle Johren jüngern Mann ankeken harr. De dicke Kierl, stief un steenern, mit dicke Backen un so ’n Placken up de Stirn, wat sei nu ierst – in dat Licht vun de rustige Latücht – seihn harr, griente tau ehr roewer. Hei makte sien Schuuw noch eins up un sortierte ehr in dat ünnelste Fack, wiel hei nu ok ehren lüsternen Blick mitkrägen harr, mit den sei den jungen Mann ankeek. Ehr Lief wier riep as 'ne Beer in laten Summer. So glitschte sei in dat Schuuw un fäuhlte, dat de Lütte ehr so 'rinfuckte, dat sei kuum noch Luft halen kunn.

Fix dacht sei nich miehr an dit Bild un hüürte wedder ehren Begleiter tau. Sei versöchte, den Schnack wedder licht un frie tau maken. Räd'te oewer allens, blot nich oewer sei, nähm noch 'n Sluck vun den Wien. Liekers keek sei hen un wen oewer de Schuller vun ehren jungen Mann. Dat Brod wier nu upäten, blot ein poor Krümels wiern noch up den Töller. Stur keek sei up dissen Rest. Tja, is dat, wat blifft? Een dodigen Rest? Ehre Oogen güngen dörch den ganzen düstern, muddeligen Kraug, de ehr nu as 'ne Gruft vörkeem. Up ein Finsterbänk stünn indrögtet Blaumenkruut in 'n Plastikpott un ein Talglicht, wat all dalbrennt wier. Blot de Lüster wieste Biller vun ein lustiget Fest, Biller vun Läben. Dat klobige Holt vun den Disch künn den Sargdeckel vörstell 'n. Disse Idee wull ehr gefallen. Dit Holt hett Läben in sick: Wienplackens, Brotkrümels, indrögte Tranen …

Nujetz wier 't passiert: In dissen Momang wier sei so in Gedanken wäst, dat sei up de Frag vun ehren jungen Leiwsten kein Antwuurt prat harr …

Bi den lütten Dicken wier sei nu ganz in 't Schuuw. Blot ehre blonnen Hexenhoor keken inklemmt rut. Lippenstift wier an dat Schapp schmeert. Up dat Etikett harr de Dicke mit krakelige Baukstaben schräben: FOOSCH.

„Wohen kiekst du denn?“, fragte hei sacht.

Sei kunn den lütten Dicken achter em seihn, woans hei sick de Hänn’ afputzte.

De Jung keek achter sick. Blot achter em wier nix, man blot de Stein vun de Wand. Feldstein – groww glatthogt.

„Ach, dor … is ein Stein, de süht ut … as de Visaasch vun ein lütten Dicken mit ’n Glatzkopp un pralle Backen.“

Hei lachte un meinte, dat wier man blots so ’ne lütte, säute Fantasie.

Ehr früst. Sei säd: „Ick möt gahn.“

Un güng.

KLAUKSCHIETER, FUULSTRICK UN ZAUSTERTASCH

Wenn Kinner hüütaudags in de Schaul kamen, denn hebben sei ja all ollich wat achter sick. Denn wieren sei all in de Kripp, in den Kinnergorden un in de Vörschaul. Un natürlich: tau Huus. Oewerall hebben sei all wat Wichtiget liehrt. De Pädagogen seggen sogor, dat sei nie nich wedder soväl liehren as in de iersten drei Johren. De Öllern meinen, dat Wichtigst' is dat Vörschauljohr, dor sallen sei all all dat liehren, wat sei in de Schaul denn bruuken.

Wenn 't dornah geiht, is allens, wat denn vun de ierste Klass an kümmt, umsüss: nägen orrer teihn orrer twölf Johren, in de de Kinner eigentlich nix Wichtiget miehr dortauliehren. Naja, dat beten Fackwissen, oewer dat vergäten se denn ja liekers wedder.

Dor hebben sick väle Öllern fragt, wat för ehre Kinner denn nu blot noch wichtig sien künn? Wat sall up de Tüüchnisse stahn, wat so richtig gellen deit, wat för dat Läben wichtig is, för den taukamen Beruf un so wieder … Dor keem de Idee up, dat so ländlich-sittliche Saken dor up dat Tüüchnispapier möten: Is de Jung flietig? Kann de Diern helpen un süht sei de Arbeit vun sülben? Maken de Kinner ümmer, wat sei sallen? Arbeits- un Sozialverhalten heit dat. Un, bautz, so wieren de Kopfnoten dörch de Achterdör wedder dor.

Dunn mößten de Liehrers nu wedder upschrieben, woans dat mit Kevin, den Fuulstrick, un Celine-Mandy, de olle Zaustertasch, so utsüht. Dat heit, stopp, in de Beurteilung up dat Tüüchnis hebben de Liehrers dat all ümmer rinneschräben. Oewer nu giwwt dat vier Stufen, in de dat updeilt is: „vorbildlich, gut, zufriedenstellend, entwicklungsbedürftig". So ward dat nu inschätzt. De Liehrerin hett tau uns Öllern seggt: Oewer Sei dörben dorbi nich de Zensuren in Kopp hebben! Vorbildlich, dat is nich so as ne 1! Aha, süso, oewer wat sall ein denn dorbi in'n Kopp hebben?, frag ick. Am besten, nix, seggt sei. Also, vörbildlich heit: tipp-topp. Dat anner is ok klor, oewer wat is entwicklungsbedürftig? Sünd wi nich all 'n bäten „entwicklungsbedürftig"?

Up dat Tüüchnis tau schrieben, woans dat mit „Fleiß, Ordnung, Mitarbeit, Disziplin" un sowat bestellt is, is 'n ganz langen, ollen Zopp. Tradition, sotauseggen. Traditionen sall ein plägen. Oewer Tradition is nich dat Tausamenfägen vun de Asch, sünnern dat Wiedergäben vun Füer. Un nu möt ein sick fragen: Wat is dat eigentlich för 'ne Tradition un wat is dat Füer doran? In miene Schaultied wieren disse Kopfnoten Druckmittel un Disziplinierungszensuren. Un se wieren eins: nich tau verstahn, worüm ein denn nu bi „Mitarbeit" 'ne 3 hett. Wat is oewerhaupt „Mitarbeit"? Is dat, wenn Celine-Mandy ofteins de Hand hoch hett, ofschonst se gor nix weit orrer kann? Orrer is dat ok, wenn Henning allens mitmakt, oewer de Pot nich hochböört? Wegge vun de beiden arbeit' denn nu bäder mit? Wat is denn „ofteins" mellen? Fief mal in ein Stunn orrer ein Mal an'n Dag? Tjä … Allens so'ne Sak, seggt Knaak. Wi stellen fast: Dat is bannig kompliziert, sowat fasttaustellen.Un objektiv is dat man gor nich. Viellicht is dat ok ümmer verschieden: in Düütsch, in Mathe un in Musik, dornah, woför de Gören sick interessieren. Früher, in miene Schaultied, dor hett dat ok noch 'ne Funktion hatt. Dor wüürn de Gören mit de Betragenszensur erpresst. Wenn dat nich soundso löppt, denn gifft dat ne 4 in Bedragen up dat Tüüchnis. Un wenn dat ok nich helpt, denn ward Kevin ut de Pionierorganisation schmäten. Dat wier 'n Dunnerschlag!

Oewer mal iehrlich, weggen schockt dat denn, wenn nu bi Kevin steiht: entwicklungsbedürftig? Denn heit dat woll: Kiek, de Jung hett Reserven! De kann noch düller! Wiel wi graden bi schockieren sünd: Wegge will dat denn eigentlich läsen, wat bi Arbeitsverhalten steiht orrer bi Sozialverhalten? Oma? Un bi vörbildlich gifft sei 10 Euro un bi entwicklungsbedürftig nix? Orrer willen de Öllern dat läsen? Oewer de weiten doch, dat Celine-Mandy 'ne Zaustertasch is un Kevin fuul un nix helpen mag. För den Betrieb, wo de Kinner 'n Beruf liehren sallen, is dat nich dacht, denn de kriggt dat ierst gor nich tau weiten. Up de Tüüchnisse, de för Bewerbungen gellen, dörf nix dorvun up stahn. De Kinner sallen nämlich keinen Nahdeil hebben dorvon.

Hhmm, ick frag mi iernsthaft: Wegge will dat weiten? De Schäuler sülwst? De Liehrer? De Öllern? Woför gifft dat disse Kopfzensuren wedder? Zensuren sall ein ja dorbi nich in'n Kopp hebben, sünnern am besten: nix …

DIERNS IN DAT ÖLLSTE GEWARW VUN DE WELT

De öllste Beruf vun de Welt sall dat sien. Un ein, de dissen Beruf hett, möt bannig universell sien. Un ofschonst väl modernisiert ward, is bi dit Geschäft binah allens bi'n Ollen bläben.

As ick henkeem nah Manfred Dähn siene Warkstäd, blitzen de blagen un gälen Funken dörch de Hall, dat knastert.

Dat rükt nah Iesen un Handwaschpaste. Manfred un Mirko Dähn sünd bi de Arbeit. As ick dor stah, nimmt de Vadder siene Schweißermask dal un kiekt mi fründlich an.

Ick bün in 'ne Schmäd. Hier gifft dat richtige Männer in'n Blaumann un mit schwatte Fingern un Schweit up de Stirn. Ick gah mit Vadder Manfred Dähn, de so as sein Soehn Schmädmeister is, oewer 'ne Iesentrepp nah baben in 't Büro. Ok hier süht dat vun't Inventar bet nah dat Kalennergirl, dat vun de Wand kiekt, bannig nah Mannslüüd ut. Kann dat hier in de Schmäd 'ne Chance för Dierns un Frugens gäben?

Manfred Dähn verklort mi, dat dat den Beruf „Schmitt", so as hei dat liehrt hett, gor nich miehr gifft. Dorut sünd miehrere Berufe wurden: Metallbuger/-in, Konstruktion, Landmaschinenbuug usw. Hei vertellt mi nu, dat dat ok Dierns gifft, de dat liehren.

„Oewer“, seggt hei, „dat is ’n schworen Beruf.“

Ick nickköpp : „Ja, bruukt ja bannig Kraasch mit de sworen Hamers un so …“

„Nee, dor liggt dat nich an. Gifft ok lütte Hamers, dat is gor nich dat Problem. Schwor is dat, wiel dat hüüt nich miehr soväl tau daun gifft för ’n Schmitt. Dierns koenen ok mit Metall ümgahn, wenn se Lust dortau hebben.“

„Un“, frag ick, „hebben Dierns denn Lust tau ein vun disse Berufe, de eigentlich iehrer as Männerarbeit gellen?“

„Ach, naja“, seggt Manfred Dähn, „dat Geschäft vun de Kunstschmiederie, dat maken ok väle Frugens. So wat tausamenschweißen un so, wat denn Kunst is.

Oewer süss, is ’t mit Liehrlings ingesamt so’n Sak. Wi hebben bi uns in de Schmäd ok ierst ein utbillt. Du mötst väle verschiedene Saken koenen, üm vun dissen Beruf läben tau koenen.“

Mi schütt dat wedder in, wat all in’t Mittelöller so wier: De Schmitt möt universell sien! In olle Tieden wier de Schmitt nich blot ein, de up ’n Amboss haugte as verdull. Nee, dat gäf den Growwschmitt un den Wappenschmitt un ’n Schlosser un ok nich tau vergäten: den Goldschmitt för ganz fiene Arbeiten. Früher wier de Schmitt ok Warktüügmaker un Veihdokter, denn tau siene Upgaven hüürte ok de Haufbeslag.

„Makt ji in juuch Schmäd ok Haufbeslag?“, frag ick den Senior-Meister. „Ja, oewer meist mobil. Gas-Aben up ’t Auto un denn führt mien Soehn nah de Pierdställ hen.“

Glieks kam ick wedder up mien Thema, woans denn nu Dierns un Frugens in de Männerberufe passen koenen:

„Haufbeslag, is dat denn ok wat för Dierns?“

„Ja, klor“, seggt Manfred Dähn. „Besünners as Haufschmitt, dor sünd Dierns geeigent, wiel sei oft gaud mit Pier ümgahn koenen. Bäder as Jungs. As ick liehrt heff, wiern bi de Haufbeschlagprüfung ok all Dierns dorbi un de hebben dat siehr gaud bestahn, de hebben miehr Gefäuhl för de Pier.“

Bi uns in Düütschland is dat Thema sogor bet tau dat Bundesverfassungsgericht gahn wägen de Moeglichkeiten för Manns- un Frugenslüüd, Haufbeslag tau maken. Dat gäf in Düütschland nämlich noch dat Haufbeslagsgesetz vun 1940, as Pier noch ’n wichtiget Handwarkstüüg wieren in Landwirtschaft un ok bi’t Militär. Wiel hüüt de meisten Pier för de Frietied nützt warden, bruuken väle Pier gor keine Iesen miehr un dordörch hett sick ok ’n Markt entwickelt vun’n alternativen Haufbeslag. Un disse Oort Haufpläääg maken sogor miehr Frugens as Männer. In den dortaugehörigen Verband sünd 60 % Frugens. Nu wüür ’n nieget Haufbeslagsgesetz veraffschiedt’. Dor is fastleggt, dat allens, wat mit Haufpläg tau daun hett, blot vun ein Schmitt makt warden dörf. Also, vun ein’, de in de Metallbransch wat liehrt un 'ne Haufbeschlagprüfung absolviert hett. Dat Verfassungsgericht hett faststellt, dat dat för Frugens keine Benahdeiligung is: „Das Gesetz stellt keine Benachteiligung des weiblichen Geschlechts dar, weil der Anteil von Frauen als Hufbeschlagsschmiedin in den letzten Jahren zugenommen hat und man mit einer weiteren Zunahme rechnen kann."

Batz!

So, as Manfred Dähn dat ok all seggt hett: Dierns koenen ok richtig Haufschmitt liehren, de schaffen dat un bruuken keinen extra Mädchenkram so as den Beruf „Huforthopädin". De koenen ok up gläunige Iesen kloppen.

Bruken Dierns denn oewerhaupt so'n Kram as „Girls' Day", de ja jedet Fröhjohr ok in Meckelborg-Vörpommern makt ward?

„Ja, naja ...", oewerleggt Dähn, „mitmakt hebben wi dorbi ok all mit uns Schmäd un hebben dat anbaden för dissen Mädchendag." Hei koppschürrt. „Oewer kamen is noch kein Diern, bet nu nich. Oewer sei sünd hartlich willkamen un koenen sick giern ümkieken!"

Dat wier doch wat, mein ick, Herrin tau sien oewer heite Kahlen, gläunig Iesen, Gasbuddel un Schweißgerät. Un för de Dierns, de sick dat oewerleggen, nu an'n Schluss noch 'n Wuurt vun ein Kierl, de woll twei linke Poten harr, dorför oewer 'n bannigen Verse-Schmitt wier:

Ein Anderes

Geh'! gehorche meinen Winken,
Nutze deine jungen Tage,
Lerne zeitig klüger sein!
Auf des Glückes großer Waage
Steht die Zunge selten ein.
Du mußt steigen oder sinken,
Du mußt herrschen und gewinnen
Oder dienen und verlieren,
Leiden oder triumphieren,
Amboß oder Hammer sein.

Goethe

„Wann wir schreiten Seit an Seit …“

Stellen wi uns vör: Du orrer du orrer Hein willen nu Mitglied warden in de SPD. Woans ein dat makt, kann de Minsch nahläsen in den'n Sozi-Knigge, in dat „SPD-Buch“.

Dor finnst' ok wat oewer dat Genossen-Du un de Traditionen vun disse Partei. Dat Genossen-Du is för den plattdüütschen Minschen kein Problem, ok de Plattschnacker duzt de annern giern. Tradition is in'ne SPD ok de Gesang.

Wenn du nu Mitglied warden willst, mötst du weiten, wat in de SPD so in'ne Hitlisten steiht. Ganz baben in de Charts is de Soli-Schlager:

Wann wir schreiten Seit an Seit
und die alten Lieder singen
und die Wälder widerklingen,
fühlen wir, es muß gelingen!
Mit uns zieht die neue Zeit!

Disse Text is vun ein' Dichter, de heit Hermann Claudius, un dat is eigentlich ein ganz groten plattdüütschen Dichter, ein', de modern wier tau ein' Tiet, wo modern gefiehrlich wier un suspekt: üm 1900. Hei schreew vun Arbeiternot un Grotstadt, vun Tausamenhollen un gägen de Kapitalisten. Un dat allens up Plattdüütsch.

De Fabrikschosteen

Ick bün de Baas!
Mien Buuk is rund!
Un miene Lung'n sünd gesund!
Ha! Wat de Heven kann, kann 'ck ok:
As Wulken treckt mien swatte Rook!

(1912)

So de iersten Verse vun ein Gedicht. Hermann Claudius hett 1912 sienen iersten Gedichtband rutgäben „Mank Muern". Hei wier 1878 in't Holsteinsche gebuuren, oewer 1885 treckte siene Familie nah Hamborg, in de grote Stadt. Claudius fünn later denn Anschluss an de Jugendbewägung un de Wannervögel. As jungen Liehrer in Hamborg wier hei denn ok as Aktivist dorbi. Solidarität wier wichtig in disse Bewägung, na, un woans kann ein dat bäder utdrücken as mit dat Bild vun'n groten Schullerschluss: Siet bi Siet.

„Wann wir schreiten Seit an Seit" hett Claudius 1914 dat ierste Mal bi de sozialdemokratische Zeitung „Hamburger Echo" drucken laten. Mit de Musik vun Michael Englert is dat denn 1915 so'n richtigen Ohrwurm worden, Nummer-eins-Hit. 1920 hebben de Hamborger dat Lied mitbröcht tau den Arbeiterjugenddag nah Weimar un dornah hebben se dat denn all sungen! Ok de annern. Ok de Verkiehrten. Jeder mag ja giern dejenige sien, de de „neue Zeit" mit sick treckt. Claudius hett nah 1933 denn ok för de annern schräben. Ok för de Verkiehrten. Nu aktuell ward dat Lied ok wedder väl zitiert, ok vun de Linkspartei. De willen ja nu giern „Siet bi Siet" sick ünnerhaken bi de SPD.

Harr nu Claudius dat Lied so as siene annern Texte 1914 up Platt schräben, denn wier dat woll so kamen, dat ji orrer du orrer Hein, wenn ji Mitglied warden wullt in de SPD, ierst mal nahwiesen möt, dat ji Plattdüütsch koent. Tauminnst, dat ji dat Lied in'n tadelloset Platt singen koent. Oewer Hermann Claudius, de Urenkel vun Mathias Claudius, dat wier de mit „Der Mond ist aufgegangen …", hett dissen Text nu grad hochdüütsch makt un dat is de Grund, worüm niege SPD-Mitglieder nu doch nich Plattdüütsch liehren möten.

KLEINES PLATTINUM

Wi weiten ja: Platt is international. 1. Binah oewerall ward dat schnackt un 2. In jedet Dörp is dat 'n bäten anners. Harald Ringsdörp as Landesvadder harr dat Plattdüütsch ut Meckelborg in't Hart un up de Tung.

Erwin Sellering kümmt ut Westfalen un will uns meckelborg-vörpommersch Landesvadder sien. Allens, wat hei dorför in Kopp hebben möt, hett hei woll, oewer: Woans süht dat mit Platt ut?

Wenn wi uns an 1. erinnern, denn stimmt dat ok för Westfalen. Dor hett Erwin Sellering Glück. Oewer denn kümmt 2. ok glieks an: „Dat klingt oewerall 'n bäten anners ..." Ja, un wenn sick nu bi Ringsdörpen keinein an den Klang stüürt hett, denn ward dat woll bi Westfälisch 'n bäten anners sien. As Ministerpräsident vun MV bruukt ein woll doch 'n bäten vun uns' Platt för alle Fälle. Hier is mal tausamenstellt, wat hei so bruukt, üm sick in de babylonischen Landschaften vun MV dörchtaufinnen un üm nich bi de plattdüütschen Landeskinner antauecken.

1. As Anfänger un Taugereisten hett ein dat bannig swor, dat möt Erwin Sellering weiten. De plattdüütsche Minsch glöwt af un an noch, dat 'n Kierl Platt blot koenen kann, wenn hei plattdüütsch gebuuren is un tagen un wenn hei all plattdüütsche Moddermelk insogen hett un in plattdüütsche Windeln schäten. Disse Grupp Plattschnacker is hüüt oewer blot noch

lütt. Uns niege Ministerpräsident kann in so ein Diskussionsfall betonen, dat hei dat weit un liekers tau un tau giern Plattdüütsch, de Sprak vun siene Wahlheimat MV, liehren müch, wiel dat so schön klingt un Kultur is usw. usf.

2. Platt schnacken kümmt vun Platt *schnacken*: also, ümmer 'ran un versäuken! De Lüüd, de oewer Anfängers meckern, schnacken ofteins sülwst gor kein Platt. Gor nich gaud kümmt de Satz an: „Ich kann alles verstehen, aber sagen kann ich nix.", ofschonst dat de miehrsten Lüüd in MV seggen. Also, Erwin: „Gauden Dach all tausamen!" dat kann jeder. Vörsicht: bi uns in MV up gor keinen Fall „Moin, Moin!". Dat kümmt ut 'n Westen un dor sünd de Minschen hier gaaanz empfindlich! Besünners, wenn ein ok noch ut 'n Westen kümmt.

3. Wenn Lüüd oewer de Betonung meckern: ümmer dorup henwiesen, wat ünner Punkt 1 (Anfänger un Taugereiste) schräben worden is. Kümmt ok gaud an, wenn ein mit Interesse fragt: „Ach, und wie wird es denn hier ausgesprochen?" In dissen Fall ruhig ok poor Mal versäuken nahtauspräken, denn freuden de ut dat Dörp sick. Wenn Erwin kein Tiet hett orrer keine Lust up so ein Spill, denn kann hei ok infach seggen: „Interessant, oewer bi uns, dor seggt man dat so!" Dat weiten de in Schönbarg denn sowieso nich, ob dat stimmt.

4. Literatur: Ofschonst dat 'ne rieke un würklich interessante un avantgardistische plattdüütsche Lite-

ratur gifft, kennen de miehrsten Plattdüütschen in MV blot Rudolf Tarnow un Fritz Reuter. Oewer bi Reuter is dat so'ne Sak, de Lüüd kenn woll sienen Namen, wiel de Straten und dat Seniorenheim so heiten, oewer läst hebben de Lüüd nich so väl vun em. Also, Erwin: Tarnow mötst du läsen un „De Mallbüdel", dat Witzbauk vun de „Plappermoehl"!

5. Dat plattdüütsche Medienereignis is „De Plappermoehl" up NDR 1 Radio MV. Einmal in'n Maand ward dat dörch 't Radio send' un Harald Ringsdörp wier oewer 100 Sendungen in't Amt un drei Mal as Talkgast dorbi. Wenn Erwin Sellering bi dat Plattliehren gaude Fortschritte makt, denn kann dat mit em ja ok eins wat warden.

6. De Plattdüütschen ünner sick seggen ümmer „Du". Bi siene Genossen ward dat ja för Erwin kein Problem, oewer hei möt denn vun Fall tau Fall prüfen, ob hei dat Echo ok inkalkulieren mag un de Lüüd em denn per „Du" verkloren, wat sei an de Politik nich geföllt.

7. Plattdüütsch un Kinner: De Lüüd in MV moegen giern, wenn lütte Kinner Platt schnacken. Dat lindert 'n bäten dat leege Gewissen, dat man sülwst de Sprak verkamen laten hett. Also, Erwin, för besünnere Gelägenheiten: ruhig poor plattschnackende Kinner inladen un denn mit de tausamen demonstrieren, wo schön sick dat lett mit dat Platt liehren!

8. Politiker oewer hebben ja nich väl Tiet, besünners, wenn sei grad wedder mal up Wahlen taustüü-

ern. Achter dat Stüüerrad steiht denn uns Kaptein Erwin, so mit 'n Südwesterhaut un 'ne grote Piep, nah de denn de annern danzen. Ein originalen Kaptein in MV oewer, de möt Platt schnacken und nich Platt liehren! Dorüm bruukt Kaptein Erwin SOS-Hülp: Grundwuurtschatz för 'n Landesvadder.

9. Wat ümmer gaud ankümmt:
Gauden Dach! MV is dat schönst' Bundesland!
MV is dat schönst' Land up de Welt!
Dat best' an MV sünd de nuurddüütschen Minschen.
„Un liehren möten uns Kinner wat!" (Fritz Reuter)
Plattdüütsch is de schönst' Sprak!
Äten un Drinken höllt Lief un Säl tausamen.
Prost, wer kein hett, de hoost.
Hollt juch fuchtig! Välen Dank för allens! Dat wier so schön bi juch in …
Ick kümmer mi dor üm!
Dat ward wat warden!
Ick kiek wedder in!
Up Wedderseihn!
Adschüüß ok!

10. So ward dat wat! Ahoi, Kaptein Erwin!

VADDERLAND UN MUDDERSPRAK

De plattdüütsche Sprak ward miehrstendeils tausamenbröcht mit Ünnerhollung un Spaß, oewer nich mit Politik orrer Ideologie. Platt is kommodig un fründlich, dat deiht gor nich weih. So dat Vörurdeil. Up de anner Siet steiht Plattdüütsch för „echt un klor un gradut“. Up Platt ward allens so seggt, dat jedein dat versteiht. Un plattdüütsche Literatur geiht nich tau Kopp, sünnern tau Harten. Plattdüütsch Kunst, dat is de rechte Kunst. Dat is handfast un iehrlich. Wegge Platt schnackt, de is ein vun uns un de kann ja kein' slechten Minschen sien … Äben disse Vörstellungen vun un oewer Plattdüütsch hebben nich blot de Nationalsozialisten utnutzt.

De „nedderdüütsche Bewegung“, de dat an't Enn vun de twintiger Johren in Norddüütschland gäf, hett sick de Sprak un Kultur annahmen hatt. De Lüüd ut disse Bewägung wullten mit Platt un Volkskultur gägen de niegen, modernen Tieden gägenan. Platt gellte as „dat Gesunde“ orrer as „Heilmittel gägen de gefiehrliche Gägenwart“. Dordörch wüür de plattdüütsche Läbensort, de Heimatleiw vörnan stellt. Ein' wichtige Stadt för disse Bewägung is Rostock west. Vun 1920 an gäf dat in de Hansestadt all ein „plattdüütschen Volksdag“ mit 'ne Räd' vun Börgermeister, mit 'n Gottesdeinst, Volksfest un Trachtenümtoch. Tau disse Tied wier de Volksdag noch würklich unpolitisch. Oewer all 1923 wier Meckelborg denn ein Zentrum vun de „völkischen Bewägung".

Un 1929 güng dat denn ierst richtig los: Plattdüütsch för de NSDAP. In'n ganzen Nuurden gäf dat disse besünnere plattdüütsche Propaganda. De Agitationsredner schnackten Platt, de Lüüd wieren begeistert. Plattdüütsch wüürn nu ok de Minschen: ein besünnerer nurdüütscher „Slag", so taach as de Buern un so plietsch as de Fischer. De Rostocker „plattdüütsche Volksdag" wüür nu vun 1933 an tau de „Rostocker Kulturwochen", de vun dor an vun de NSDAP genehmigt warden mößten. Gauleiter Friedrich Hildebrandt höll siene Räd' tau de Eröffnung up Platt un forderte: Meckelborg för Meckelborger!

De Nazis wieren, so as väle Lüüd, gägen 'ne elitäre Kunst. 'ne Kunst för de Kunst – dat wier nix. Kunst mößt ut dat Volk kamen un för dat Volk makt warden. Volkskultur, dat wier echte, reine Kultur. Vun de Heimat – för de Heimat. Dat düütsche Wesen süll wedder in de Mitt' stahn, dat plattdüütsche ierst recht! Dat Volk süll ok wat hebben vun de Kultur, 'ne Idee, de eigentlich ut de Sozialdemokratie keem, wüür hier utnützt:

Heimat-, Trachtenvereine, plattdüütsch Theater un Radio wüürn de Waffen gägen de „hohge Kultur". De Plattdüütschen ordneten sick denn ok ünner den „Kampfbund för deutsche Kultur" un wieren ganz un gor NS-bestimmt. Väle plattdüütsche Dichter wieren national un güngen up Nazi-Kurs. Sei lästen up „Düütsche Abende“, in de Zeltlagers vun de HJ orrer bi de Frugenschaft plattdüütsche Texte. De ein orrer anner schreew för de NS-Zeitung up Platt orrer druckte för de Frontünnerhollung. Vun de Politik eigentlich blot utnützt, fäuhlten sick de Plattdüütschen oewer begööscht un as wat Besünneres.

Dorför sorgte ok de ierste Präsident vun de Reichsschriftumskammer Friedrich Blunck, de ok ’n Plattdüütschen wier. Kurt Tucholsky schreew dortau: Plattdüütsch is de schönere vun de beiden Spraken, oewer: „Vieles davon ist nun in die Hände dummer Heimatdichter gefallen, die der Teufel holen möge – scheinbar gutmütige Bürger, unter deren rauchgeschwängerten Bärten der Grog dampft und die die kraftvolle Männlichkeit ihrer alten Sprache in einen fatalen Brei … umgelogen haben. … Das ist nicht unser Plattdeutsch, das nicht.“ Volksünnerhollung wüür uttuuscht gägen völkische Ünnerhollung, ofteins düster, doesig orrer bösorrig.

Un de Linken? Wat hebben de mit de Sprak anfungen? Nah ’n Krieg wier Platt wedder ideologisch besett: Wägen de völkischen Vergangenheit wüür Platt aflehnt un dalhollen. Up de anner Siet hett Platt dat hulpen, dat dat de „Arbeiter- un Buernsprak“ wier: „Plattdeutsch war seinem Charakter nach nicht die Sprache der Gutsbesitzer und Fabrikanten, es war die Sprache der einfachen Menschen.“ (Kurt Batt) Un so wüürn niege ideologische Begründungen dorför söcht, Plattdüütsch tau erhollen. Hüüt is Plattdüütsch in Europa ankamen und dat liggt an de Plattdüütschen, ob de Sprak sick höllt orrer nich. Dorbi gellt: Plattdüütscher is, wer will!

VUN AUSTKÖST, OORNBIER UN ERNTEFEST

Heiner: „Oh, wat hebben wi früher fieert up de LPG!"
Reiner: „Ja, un wat hebben wi sapen!"
Heiner: „Ja, ja ... Dat wier noch wat!"
Reiner: „Ja, wenn hüüt Erntefest is, dor maken de Buern gor nich miehr ollich mit!"
Heiner: „Nee, nee ... "

Wenn de Wind dörch de Stoppelfeller geiht, denn is de Sommer vörbi. Denn is binah allens, wat de Natur to beiden hett, aust' un ünner Dack un Fack. Sei hebben denn ok den gröttsten Deil ut 'n Gorden inbröcht', Marmelad' kakt orrer dat Aaft inweckt. Beten wat blifft noch to daun: Kartüffeln möten Sei noch racken un den ein' orrer annern Appel 'rinhalen.

Wenn Sei 'n Gorden hebben, denn hüüren Sei noch tau de Sort Lüüd, de mit de Natur läben koenen.

Dat Austjohr is för de Buern in uns Land nich ümmer so infach: Ierst is 't tau natt un denn kümmt Drögnis, oewer tau laat. Henkrägen hebben s' dat liekers ümmer un denn kümmt dat dorup an, woans sick dat Kuurn un de Rest vun de Aust vermarkten lett.

Wenn de Aust hüüt anfängt, denn ward prüft, woväl Feuchtigkeit in dat Kuurn in is. Dorför gifft dat genaue Technik un denn möt de Landwirt in Afsprak mit den Möller entscheiden: Sallen de Meihdöscher utrücken orrer koenn' wi noch täuben? Is dat Kuurn schön dröög, betahlt de Moehl 'n bäderen Pries un so wieder. Wi weiten ja: Tiet is Geld.

Fröher, dor bestimmten de Natur un dat Wäder dat Läben up 'n Land. Dat ganze Johr richt'e sick nah Buernrägeln un 'n fasten Afloop, de sick jedet Johr wedderhalte. Twars wier dat vun Gägend to Gägend, vun Dörp tau Dörp 'n beten verschieden, oewer de Austtied un ok dat Fieern nah de Aust harrn faste Rägeln. 'n Ünnerscheid wier dat ok noch vun ein Gaudsdörp tau 'n Buerndörp: Väle Traditionen wüür'n up 'n Gaud noch genauer inhollen un hebben sick so ok länger hollen as in anner Dörper.

För de Aust orrer Oorn wier fröher ok genau fastleggt, wann dat losgahn süll. Dat Kuurn wüür Jakobi (25. Juli) anmeihd un Bartholomäus (24. August) süll kein Kuurn miehr up 'n Halm stahn. Oewer ganz so stuur künnen de Buern dat dunn ok nich maken: 't wier ok fastleggt, dat de Buer un de Dörp-Schult dat Kuurn prüfen. Dorför gäf dat verschiedene Methoden. Üm Jakobi 'rüm güngen se up 't Feld un de Schult schlöch mit sienen Haut gägen dat ierste Kuurn, den Roggen. Föllen elben Küürner in den Haut, denn güng 't los. 'ne annere Method' wier, dat de Buer up dat Kuurn beet un wenn dat knacken ded, denn wier 't riep un de Aust keem in Gang. All de Buern mößten oewer an den sülwen Dag anfangen tau meihden, süss wüür ja allens dalpeert. In wegge Dörper wüürn de Kirchenglocken lüürt, in annere gäf dat Bescheid vun't Amt.

Tau Aust gäf dat för de Knechte un Dierns niege Kleeder: wittlinnene Büxen, bunte Westen, niege bedruckte Kleeder, witte Schörten un niege Strümp. De Frugens kreegen ok 'n upputzten Strohhaut, wegge ehr vör de Sünn schützen süll. Denn güng 't up Feld mit Blasen un Singen un Muskanten.

Bi all dit dörf ein oewer nich vergäten, dat dat Austen 'ne bannig schwore Arbeit wier. Bi Wossidlo is tau finnen, dat de Knechte un Daglöhner rund üm de Klock to arbeiden harden: „In de Rapsaust güng 't Klock drei morgens hen nah 't Meihgen. Dags hebben wi meihd bet Klock acht. Denn wüür äten up 'n Hoff un denn to'n Binnen gahn bet nachts Klock ein. De Lüüd sünd städwies gor nich na Huus gahn abends. Wenn se nachts den Hawer bunnen hebben, …, sünd se oft ut Mödigkeit in de Hokken rinfallen." De Meiher müssten arbeiden, bet se dat nich miehr uthollen kunnten. 'n anner vertellte bi Wossidlo: „Kein Meiher dörft sick henleggen, in'ne Huuk orrer up'pe Knei dörf hei nich sitten gahn – süß kost' dat 'n Pägel Brammwien."

Wenn 't wedder vun Feld nah Huus güng, denn wüür sungen. Dat wier ok, dat de Stimmung upfrischt' wüür, oewer dat Dörp un de Buern hebben dat ok fordert. De Knechte un Dierns sallten wiesen, dat se noch nich mäud wiern.

Trügg up 'n Hoff gäf dat verschiedene Saken to'n Upmuntern nah Fierabend: „bunt Wader" orre de „bunt Stuuw" un natürlich Äten un Drinken. „Bunt

Wader“ wier ’n Tuppen vull Wader, dorin wüür ’ne Buddel Brammwien un Aaft leggt. Babenup keemen Netteln un Stickelbeerbüsch. Denn wüürn de Ogen taubunnen un jedein greep in dat Wader rinne. Dat geew’n grot Hallo, wenn denn ein’ in de Netteln greep orrer ’ne Pogg tau faten kreeg, de ok manchmal mit innsett’ wüür.

Wier de Aust vörbi, denn gäf dat „Austbier“, „Austköst“ orrer „Oornbier“. De Termin dorför künn ganz verschieden sien: gliek nah Bartholomäus, nah de Kartüffelaust, nah dat Infüührn vun de Räuben orrer nah de Harwstsaat. Ein besünnern Dag wier de „Treckeldag“, de 24. Oktober. Treckeldag wier dat, wiel de Knechte un Mägde denn woanners hen trecken künnen. De Buer künn ok dat Fest utfallen laten, wenn hei nich tofräden wier. Wann dat fiert wüür, hüng ok dorvon af, to weggen Dag ein de Muskanten kriegen künn. Dat gäf ümmer ’ne Austkron orrer ’n Kranz, weggen de Mägde makten. De Knechte organisierten dat ganze Fest: dat Äten, dat Molt för dat Bier, de Musik. Fiert wüür jedet Johr bi ein’ annern Buern up de grot Däl orrer in’n Kraug. Nah all de Arbeit wüür nu sungen, äten, drunken un danzt. Poor Dag gäf dat nix Schöneres: fiern bet tau’n annern Morgen.

Ok hüüt gifft’ dat wedder: Austköst orrer Oornbier. In väle Dörper warden wedder Austkronen bunnen, gifft dat Ümtöög, Äten, Drinken un Danz bet in den Morgen. Ein’ Volksfest för dat ganze Dörp. Vör hunnert Johren wier dat oewer ein Deil vun den suer verdeinten Lohn in de Landwirtschaft.

Heiner: „Wörüm supen de Buern vun hüüt denn bi dat Erntefest nich mit?“

Reiner: „Ach, de hebben kein Tiet tau fiern.“

Heiner: „Kein Tiet?“

Reiner: „Nee, bi uns in Dörp is Erntefest all Anfang September, dat passte gaud in den Veranstaltungskalenner. Oewer dor sünd uns Buern noch up ’t Feld.“

Heiner: „Denn drinken wi ein’ för ehr mit … Prost, Reiner!“

Reiner: „Prost, Heiner!“

BLAU UP DE GRÄUNE WOCH

„Agrarier aller Länder vereinigt euch!“ So künn woll dat Motto heiten vun disse Landwirtschaftsmesse in Berlin. Orrer: „Backhaus-Festspiele“ hett dat nülichs ok ein' nömt …

Also, ick wier dat ierste Mal nah de Gräune Woch mitführt. Gifft ja Lüüd, de führen jedet Johr hen un hebben sick all spezialisiert up de verschiedenen Verkopsstänn. Gifft ja würklich allens dor. Glieks bi den Ingang güng 't los: türkischet Äten, vietnamesisch Kök, Elchwusst ut Norwegen.

Oewer: Wat de Buer nich kennt, dat frett hei nich. Un so güng de ierste Weg nah de Hall vun Meckelborg-Vörpommern. Dor fäuhlt de Buer sick woll mang Lübzer Bier, Grabower Küsschen un Gadebuscher Suerfleisch. Worüm ein' dorför nah Berlin führen möt, heff ick noch nich rutfunnen. Oewer nah disse Afdeilung sünd de Lüüd all gaud in Stimmung. Tau den Afschluss vun dat Suerfleisch gifft dat „Mann un Fru“, dat rüümt de Maag up un denn lött sick ok erdragen, wat up de MV-Bühn löppt. Dor steiht 'ne Hotelbesittersch vun de Ostseeküst mit 'n groten Haut. Sei süht asiatisch ut, laawt oewer för den tweitklassigen Moderator ehr meckelborg-vörpommersch Heimat. Dat is uns Bidrag tau Weltlöpigkeit, ok wenn sei süss in Vörpommern mit utlännisch Utseihende nich tau väl an'n Haut hebben. Dat is uns Hall ok antaumarken: Wohrhaftig provinziell süht dat hier ut. Kommodig in den lägsten Sinn. Düsteret Kuddelmuddel. Oewer de Stimmung is gaud bi de Ossenköpp! Poor Hallen wieder stahn reelle Ossen up Stroh. Un Käuh un Schap un Zägen. För Berliner Kinner, lat ick mi vertellen, is dat oft de einzigst Gelägenheit, mal 'ne echte Kauh tau seihn. Orrer Häuhner, de Kuurn fräten. Apropros: Kuurn. Bet hierhen hett de Besäuker nah dat Lübzer un den Kümmel ok all 'n Duwwelten weg.

Nu kümmt oewer ierst de Hall mit Wien un Sekt. Glieks an de Puurt steiht 'n Kierl vun ein' bayerischen Wiengaut un schenkt mi ein Rubbellos, ick süll doch eins mien Glück versäuken. Ick rubbel un vertell den bayerischen Kierl vun mien letzten Bayernurlaub un will so ein' up düütschet Tausamenwassen maken, dor seggt hei: „Nee, ick komm jar nich aus Bayern. Ick bin aus Brandenburg, ick jobb hier uff de Jrüne Woche!" n' Ossi! Glieks verstahn wi uns un hei verklort mi, dat ick bi de Rubbelei 'n Glas Sekt gewunnen heff. Artig sett ick mi in den Pavillon un sluck mienen Sekt, 'n Glas Wien sall ok noch achteran, oewer ick lehn af: „Välen Dank", 'n beten schakerig all, geiht' wieder.

Nu kümmt 'ne ganze Hall blot ein landwirtschaftlich Produkt: Bier. Allens nah dat Reinheitsgebot un dor stahn sei all: Tschechen, Bayern, Skandinavier – jedein will sien Bier loswarden. Ümmer glieks halwige Liter un achter den Zapfhahn dralle, säute Dierns, so dat sick all de Dieters, Detlefs un Rüdigers vun de

Kägelvereins un de Männertruppen, de hier ünnerwägens sünd, bannig wollfäuhlen. Prost! Wer kein hett, de haust!

Wegge nu noch nich naug hett vun all de Bierblaumen un Biertulpen, de kann ünnerirdsch de grote Blaumenhall besäuken. Dor is dat wohrhaftig eins gräun up de Gräune Woch.

Wenn ein' nu noch beinig is, denn kann hei ansetten tau den groten Afschluss: Ukraine un Russland. De Buer liehrt: Kaviar un Wodka, dat is, wat bi den Russen ut de Landwirtschaft rutkümmt. Kaviar vun Lemberg bet Wladiwostok! Probieren! Probieren! Un Wodka ... Wodka! Grote Buddels, lütte Buddels, witte Buddels, bunte Buddels, gollen bedruckte Buddels ... bi de Agrarier ut den Osten stahn de Signale up Kloren. Nah dat drütte Probierglas kümmt dat ierste Schaulrussisch wedder dörch un de EU-Osterweiterung steiht nix miehr in'n Weg. Na Storowje! Towarischtsch! De Chemie stimmt un ein Kosak geiht 'rüm un gütt ümmer noch eins in. Ob dat nu 'n echten Kosak wier orrer 'n Ossi ut Brandenburg, dat hebben wi nich miehr rutfunnen. Wat möten wi de Wohrheit weiten, wenn wi gaude Ünnerhollung hebben!

Wohr is, dat an Enn' vun den Dag ein vun uns Grupp den Bus nah Meckelborg nich wedderfunnen hett. Hei stünn in Berlin ohn Jack, ohn Geld, oewer gaud in Stimmung. Siene Fru harr noch gor nich markt, dat hei nich instägen wier. Ok sei wier 'n bäten antüüdert ...

Dat ierste Taxi hett em nich führt, oewer so'n ganz fründlichen Türken, de hett de Tour nah Meckelborg annahmen: Un so hett Buer Erich in uns Dörp den Anatolier noch wiesen künnt, wegge de gröttsten Kartüffeln hett …

„Dat treckt sick allens nah'n Lief ..."

„Dat treckt sick allens nah'n Lief …", hett Walter Kempowski seggt in sien letzt Interview, as hei fragt wüür, woans hei dat sülwst süht mit Erfolg un Enttäuschung in sien Läben. Hei wüsst dunn all, dat hei nich miehr lang tau läben hett. Hei wier mit sick, mit de annern un mit sien Arbeit klor. Ein Grugen harr hei blot dorvör hatt, Fragmente trüchtaulaten. Up sienen Schriefdisch oewer is allens ordentlich up Stapels sett', allens sortiert. Hei wier prat, üm „up de anner Siet" tau gahn.

Klauk mit 'n wieten Blick un iehrlich hett Kempowski arbeit', sammelt, schräben. Sien Läben lang. Un ok de Interviews, de ick seihn heff mit em, wo hei noch 'n jungen Mann wier, wo hei noch gesund wier, hebben bi mi ümmer so'n Gefäuhl trüchlaten, dat Kempowski siehr zort un fledig wier un jichtenswie desillusioniert. Dorbi hett hei 'n fienen Humor hatt, denn ein' ok in siene Bäuker wedderfinnt. De Ton is besünners. Hei hett sülwst ok seggt, dat dat Besünnere blifft, dat hei Meckelborger is. Sogor 'ne meckelborgsche Fahn hett hei bi sick tau Huus in 'n Gorden weihn laten. „Meine Sprache ist Plattdeutsch", hett Kempowski seggt. Schräben hett hei kein Roman in Platt, oewer wenn hei rädte, denn kunn ein ümmer hüüren, vun wo hei keem.

1929 in Rostock gebuuren, in de berühmten Reederfamilie upwussen, de hei later in siene „Düütsche

Chronik" beschräben hett. („Tadellöser und Wolff", „Aus großer Zeit", „Uns geht's ja noch Gold", „Herzlich Willkommen") 1948 wüür hei verurdeilt vun ein russisch Militärtribunal tau 25 Johren Arbeitslager, ok siene Mudder wüür inspunnt, 8 Johren hett hei in Bautzen seten. Ein grot Enttäuschung wier, dat hei nah siene Entlatung in'n Westen nich anerkennt wüür as Verfolgter, sünnern as vörbestraften Kriminellen behannelt wüür. Ick heff dat Gefäuhl, dorvon hett hei sick nie nich erhalt. So is dat Verhältnis tau siene Stadt Rostock ok ümmer vermengeliert west mit so'ne Oort Bitterkeit doroewer, wat de DDR em andahn hett. Wenn em Lüüd as Ostalgiker begegneten, denn hett hei de vertellt, woans de Haftbedingungen in Bautzen wiern. „Dann sind sie still …"

Rostock is Kempowskis verlurene Heimat un siene „Heimwehstadt" is dat bläben. In siene Bäuker is hei ümmer wedder trüchkamen up Rostock, up de Hüüser, up de Kirchen un up de Minschen hier. Rostock hett em dat lat, man nich tau lat, dankt: Ehrendokter is hei wurden un den Kulturpries vun Meckelborg un Vörpommern hett hei 2006 krägen. Sien 75. Geburtsdag wüür mit de Rostocker grot fieert un hei wüür riek beschenkt. Ein Gemälde vun Rostock wier ok dorbi. Kempowski hett dat freugt. Hei sülwst wier sick ümmer klor, dat dat, wat hei schrifft, sammelt un veröffentlicht, wat wiert ist, dat dat wat Besünneres is. Man wi annern hebben dat nich so tiedig markt, dücht mi.

Siene Stadt Rostock hett ok dat Kempowski-Archiv inricht' – ein bürgerlichet Wahnhuus. Wahnt hett Kempowski hier nich, sünnern in Nartum in Neddersassen. Sien Huus dor is oewer ok nich weniger as 'n Archiv. As hei noch läwt hett, gäf dat organisierte Busfahrten tau de Kempowskis: den Dichter besäuken. Dor wüür viellicht ok Platt schnackt, wenn de Lüüd ehren Dichter tau'n Anfaten kreegen. De Lüüd in siene Bäuker, de schnacken, wenn dat passt, Platt. Tau'n Bispill in dat Hüürspäl „Moin Vadder lebt" hett Kempowski Plattdüütschet integriert. In den Roman „Heile Welt" nimmt hei dat ok up, de Dörpschaulliehrer von Klein Wensen schnackt Platt un all de annern Figuren, so dat „'n bunten Teppich plattdüütschen Läbens in de 60er Johren" entsteiht. Un liekers bi rutkümmt, dat dat kein „heile Welt" is in Klein Wensen. Ok siene Dagbäuker sünd vull vun Schnacks un Rädensorten in Plattdüütsch. Wollfäuhlt hett hei sick in Neddersassen ok, hei hett dor „nur Gutes erfahren". Den'n früher'n Ministerpräsidenten Wulff hett hei sogor vörslagen, dat in'n Landdag Platt schnackt warden sall. Oewer de hett meint, dat wier woll 'ne Provokation. Kann ein' oewer strieden. Kempowski hett, wenn, denn för sick un sien Wark sträden. Dat grote Projekt „Echolot", för dat hei dusende Breife, Dagbäuker un Dokumenten archiviert un tau ein' Collage tausammenbröcht hett, wiest mit den Finger up dat Leege, dat Leed in de düütsche Geschicht.

Hei wier froh, datt hei sien Wark beennen kunn. För niege Projekte hett Walter Kempowski all lang wedder sammelt hatt. Un liekers blifft so väl nah, wat tau daun is. Oewer so is dat woll in't Läben. Schön, wenn ein' seggen kann: treckt sick allens nah'n Lief, ick bün taufräden.

WOHRHEIT

„Gräsig, disse Laden, füttelich!“, bölkt de Ollsch näben mi. Sei rüükt nah Kölnisch Water un hett ’n Papierdaschendauk mang de Fingers, dat all bannig kaputtgnuddelt is. „Seggen Sei doch mol! Finn’ Sei dat nich ok?“, stött sei ehr’ Nahwersche up de rechte Siet an. „Jaaa, dor mach ick ok nich inköpen gahn. Nee, disse niegen ‚Zenters‘, dat is nix för ’ne oll Fru, as ick bün. Ick kann dor gor kein Luft in kriegen!“, antert de Nahwersche.

De Kölnisch-Water-Ollsch geiht ’n beten dichter ’ran: „Wesseljohre, wat?!“

De Dör geiht un de beiden Frugens näben mi kieken niegelich up de Krankenswester. Ok ick kiek hen un bün in Upprägung. Süss wier ick nie nich eins upprägt in de Wartestuuw vun ’n Frugensdokter, oewer dit Mal sitt ick ganz stief up de Stauhlkant un blädder mi dörch de europäischen Königshüüser un luster den Kölnischwaterschnack vun de Ollschen tau, wat süss ok nich mien Oort is.

„Fru Berg!“, de Oma näben mi springt hoch un grapscht nah ehre Henkeltasch.

„Ach, nee. Setten S’ sick man. Sei sünd ierst nahdem an de Reihg, wenn de Kabin wedder frie ward.“ De Ollsch lett sick wedder up ehren Platz fallen, ehr Papierdaschendauk hett sei verluurn. Dat liggt nu ünner mienen Stauhl.

De griese, schmuddelige Swester deilt de Frugens in de Kabinen in, ümmer blots, wenn de Kabin wedder frie is, is ja klor!

Mienen Namen seggt sei nich, ick kiek niegelich nah de Swester ehren Zeddel, as sei seggt: „Ach, un Sei kamen so middenmang an de Reihg … Sei möten sick ja nich uttrecken … Sei kamen jo blots taun ‚Gespräch'." Woll twintig Oogen kieken nu nah mi. De Frugens swiegen, oewer kieken bös un gäl, wiel ick nich täuben möt un mi nich uttrecken un blots tau'n Schnack nah'n Dokter bruuk.

Ick fäul mi all nakig un as wenn ick 'n Teiken an'ne Bost heww. 'n scharlachroden Baukstoben.

Denn ick bün hier, wiel ick dat Kind in mi nich behollen will.

„Jaaa, Wesseljohre", antert nu de Fru tau de Kölnisch-Water-Ollsch. De Kabin Nummer 1 geiht up un nu is ierst de Fru mit de Wesseljohre an. Ick bün bang. Mien Termin in'n Krankenhuus heff ick all. Ick möt hüüt blots mien' Krankenschien halen. För de Firma. Ganz klor, up mien Arbeit sall keinein weiten, worüm ick anner Woch nich dor bün.

Tau mienen Schef heff ick leigen möt, as hei nett fröch, worüm ick denn nah 'n Krankenhuus möt. Ick wier so oewerrascht, dat em dat interessiert un heff fix lagen, dat sei vun mi 'ne Prow nähmen möten taun Ünnersäuken.

Un dor wier ick ok all bet an'n Hals in'n Schiet. Ni nich heff ick dacht, dat mien Schef Kern so'n feinen

Kierl wier. För mi wier hei ümmer groww un linksch. Ick wier platt, as hei vull Kummer sien' Arm üm mi leech un sacht säd: „Kräwt, Fru Schlösser, is hüütodags kein Problem miehr. Dat kann allens wedder gaud warden!"

Kräwt! Ick kreech Schiss. Oh, Gottogott, so'n Schiet. Nu heff ick mien' Schef anlagen! Ick säd: „So, ... Na, ja ..."

Un denn blots ruut ut dat Schefbüro! Leigen harr ick doch nich wullt!

Oewer nu sitt ick bi'n Dokter un allens ward wedder gaud warden. Nu hal ick mien' Krankenschien un den geef ick denn bi de Sekretärin vun Kern af, un denn wüür hei de ganze Sak vergeten.

De Dör quietscht 'n lütt beten. De Kölnisch-Water-Fru is upsprungen. Oewer de Schmuddelswester wiest mit 'n Finger up mi: „Sei!"

„Ick mücht mien' Krankenschien för Dunnersdag un Fridag afhalen", segg ick tau den Dokter, wat 'n kuraschierten Kierl is. „Setten S' sick mol eins dal, Fru Schlösser." Ick gehorch un bün man froh, dat ick hüüt Tüüch anheff. De Dokter schrifft un tippt up sienen niegen Computer. „Ick mücht mien' Krankenschien för Dunnersdag un Fridag afhalen, bitte ... Wi hebben telefonisch afmakt ..." Hei bläddert mang siene Papiere un seggt kort: „Ja, Fridag, dat geiht klor, oewer Dunnersdag, dor is ja noch kein OP ... Dor möten Sei denn för de Vorbereitung Urlaub nähmen, nich wohr. Sei weiten ja, de Krankenkass. Dat geiht nich anners!"

„Oewer, Sei hebben seggt, dat ick 'n Krankenschien krigg." Ick sluck. De Tranen stahn mi an'ne Puurt. Wenn ick nu eins de Oogen taukniep, warden sei mi de Backen dallopen. „Ick kann kein Urlaub nähmen! Ick heff all seggt, dat … also dat mit 'n Krankenhuus un so …"

Ick denk an mienen Schef, ick kann nich all wedder leigen. Vun Anfang an heff ick iehrlich sien wullt. Dorüm heff ick dat ja vertellt, dat ick in 't Krankenhuus möt. Kern wier so leiw wäst, hett mi oewerstrakt. Nee, blot nich wedder den leiwen Kern anleigen, dat steiht fast.

„Nähmen Sei infach Urlaub Dunnersdag." Mi kümmt nu dat Rohren an. Woans sall ick dat deichseln? Ohn Leigen? Ick möt hart blieben: „Ick kann nich Herr Dokter …" Vör mienen innelsten Oog seih ick, woans mien Schef kiekt, wenn ick em vertell, dat ick för mien speziellen Kräwt kein Krankenschien krigg un nu üm Urlaub bidd.

„Ick kann nich."

Up 'n Mol lüchten de Dokter-Oogen: „Seggen Sei doch, dat Ehre Grotmudder dotbläben is. Denn kriegen Sei doch ein Dag frie!"

Hei wüst nich, wat hei dormit seggt hett.

Buten bün ick. Ohn Krankenschien. De griese Swester, de sick graden mit 'n lütten Finger in't Uhr tarrt, gifft mi 'n Termin för de Nahunnersäukung.

Wat nu? Ick gah ruut ut dat Dokterhuus, weit nich, wat ick maken sall. Ick leig mien' Schef nich noch eins an. Kern, wegge siene Poten ein so tröstlich ümfaten koenn'. Ick möt de Wohrheit seggen.

Wohrheit.

Wohrheit.

Wohrheit.

„Herr Kern, kann ick … also kann ick mal mit Sei räden?“ Sien Gesicht kriggte wedder so'n leiwen Utdruck, wat bedüüden sall: Na, klor, kamen S' 'rin.

„Ick mücht Sei bidden, … ick bruuk ein Dag Urlaub an'n Dunnersdag, wiel miene Grotmudder is oewerraschend dotbläben.“ Ick bün ganz ruhig. Kern kiekt mi an. Hei weit nich, wat nu seggen. „Fru Schlösser, dat deit mi leed. Graden nu, wo Sei doch nich weiten, woans dat mit Sei Ehre Gesundheit ward. Un nu noch dat.“ Hei kritzelt wat in sien' Kalenner, nickköppt un ick kann gahn.

Ünnen up den Parkplatz pack ick miene Tasch up den Rücksitz vun mien Auto. Taufräden. Frie. Ick mak dat Finster up. Dat Wäder is för Harwst tau warm.

Ick harr de Wohrheit seggt.

Wohrheit.

Wohrheit.

In'n Auto breit' sick nu ein scharpen Geruch ut. Oewer ick heff Oma ja ok all twei Dag achtern in'n Kufferruum.

HILDEGARD

„Männigmal, wenn ick allein bün, denn kümmt Hildegard", seggt Hanna mit 'n Mal, als ick bi ehr nah 'ne lange Tiet in de Seniorenresidenz tau Besäuk bün. Wi sitten in den groten Ruum, wo allens sick afspält: Frühstück äten, Meddag, Kaffeetafel un Abendbrot. De Wänn' sünd gäl, de Möbel gräun, in de Eck gifft dat 'n lütt' Aquarium, up de anner Siet flimmert de Fiernseiher: Richard Gere un Julia Roberts. Hanna, de noch bannig genau Bescheid weit, fragt mi: „Is nich de Gere bi de Scientologen orrer is dat 'n annern?" Ick weit dat nich.

Wi wullten vertellen, oewer hier, in't Ollenheim is soväl ringsüm los, de Faden ritt ümmer wedder af. „Du hest wat vun Hildegard vertellt, Hanna …"

„Ja, ach, Hildegard … Wenn ick allein bün, denn kümmt sei männigmal. Ach, dor, kiek mal, dat is de Fru Dokter!" Ick seih mi üm, kann oewer kein Ärztin seihn un wunner mi. „Na, dor, vör 't Finster, de Fru, de dor sitt. De is 'ne Doktersche in Rostock west, früher. Nu hett sei Demenz, sei weit gor nix miehr. Sei seggt ümmer egal weg blot dat sülbe. Un weitst du wat?" Ick koppschürr. „Sei seggt ümmer blot: Wi bruuken Marmelad!"

De Fru, vun de Hanna schnackt, sitt vör 't grote Finster in'n Lehnstauhl. De linke Hand höllt sei ümmer vör 't Gesicht un tuschelt achter disse Hand. Ick kann dat hüüren, man nich verstahn. Wat sei woll achter disse vörhollen Hand seggt?

De Huuswirtschafterin Fru Voss kümmt 'rin in den Ruum un fangt an, mit dat Geschirr tau klappern. De Geschirrspäuler möt utrüümt warden. Ohn ein Wuurt, ohn ein'n Blick schuuwt se de Fru Dokter mit ehren Lehnstauhl an de Siet, dat se bäder vörbilangen kann. Ick frag mi, wann disse Fru Voss all einmal henhüürt hett up dat, wat de Fru Dokter ut Rostock seggt? Ick frag mi, ob oewerhaupt ein mal henhüürt hett, wat disse ehemalige Ärztin tau seggen weit? Ick hüür tau, ick will hüüren, wat Hanna mi oewer Hildegard vertellen will.

„Ick stamm ja ut Stettin, weitst ja, wi sünd utbombt west. Na, dat güng ja välen so. Denn sünd wi nah Meckelborg kamen, nah Crivitz hen ... Kiek mal fix, dat is de Ollsch!"

Ick kiek wedder nah den Gang, de in den groten Saal führt. Ein' Fru kümmt dor mit ehren Rollator antauschuben. Griese Büx, griese Hoor un 'ne Strickjack an, de früher woll mal witt wier.

„Dat is ok 'n Skandal mit so 'ne Fru!" rägt sick nu Hanna näben mi up.

„Ick heww all an de Heimleitung schräben, dat geiht doch nich!"

Ick frag: „Wat is mit de Fru? Is sei ok in'n Kopp dörch'nanner?"

„Nee, väl leeger: Sei is ok siehr krank", gifft Hanna sick Mäuh, Verständnis vörtaugäben. „Dat is ja 'ne

Krankheit, wat sei hett. Liekers hebben wi uns bi de Heimleitung beschwert. Ick bün gespannt, wann ick 'ne Antwuurt krigg."

Ick wunner mi, wat woll mit de Fru los is, dor kümmt ehr Soehn achteran dörch de Dör. Beid gahn sei Schritt üm Schritt tau de Fru Dokter an 't Finster. Achter Fru Dokter is de Balkondöör. De Soehn ritt de Döör up, helpt siene Mudder, de nich miehr sünnerlich gaud tau Faut is, rut up den Balkon. Hei sett' ehr up den Rollator un stürmt wedder rin. An de Siet vun den groten Ruum, wo wi sitten, is de Glaskasten, wo de Heimbereichsleiterin ehr Büro hett. Hei kloppt an. De Bereichsleiterin kümmt: witte Kledaschen, as ut 'n Jugendkatalog, sportlich, flott, zackig. De hennaroden Hoor hett sei tau'n hogen Zopp tausamenbunnen.

„Na, wat is los, junger Mann?"

De „junge Mann" is duwwelt so olt as dei dynamische Mrs. Sporty. Ick müch ehr giern fragen, wat de Grund wier, dat se up Ollenplägersch liehrt hett. Mrs. Sporty halt 'ne Schachtel Zigaretten ut dat Schuuw un gifft den „jungen Mann" de rut. „Oewer Sei Ehr Mudder hett doch woll kein Füertüch? Dat hebben wi ehr nämlich all afknöppt. Passen Sei up, dat sei dat nich wedder in de Fingern kriggt!" Hei verspräkt allens un geiht nah siene Mudder up den Balkon rut.

„Na, Mudders, nu willen wi ierstmal eine schmöken, eine dampfen, eine paffen!", freut hei sick un de Balkondöör knallt tau.

„Sühst du, Diern, nu büst du miene Tüügin: De Ollsch, disse Person, de schmökt hier in uns Residenz! Dat is doch nich tau glöwen! Kiek, un ehr Soehn ok, up unsen Balkon! De Balkon, dor heff ick mi erkünnigt, hüürt tau dat Gebüüd. Roken is oewer blot buten erlaubt. Unse Pläger un dat Personal, de hebben 'ne Eck tau'n Roken ünnen, näben de Trepp. Hier is Schmöken nich erlaubt!"

Up uns tau schuuwt 'ne fründliche Fru upgerägt mit ehren Rollator: „Na, Hanna, hest dat seihn? De Niege schmökt all wedder up unsen Balkon! Wenn de uns nich noch dat Dack oewer den Kopp anbrennt!"

De beiden, Hanna un Fru Schlüter, hebben würklich Angst, ick mark dat. Mrs. Sporty kümmt un wiest Fru Voss, de Wirtschafterin, an, sei sall de beiden up 'n Balkon mal 'ne Kompottschöddel rutbringen för de Asch. Fru Voss nimmt 'ne Kompottschal ut 'n Geschirrspäuler, füllt 'n beten Wader in un bringt dat rut. De Soehn, de „junge Mann", stellt de Schal mang de Stiefmüdderchen in 'n Balkonkasten, bedankt sick. Hanna un Fru Schlüter koppschürren un argern sick, dat is tau seihn. Fru Schlüter entschülligt sick: „Oh, ick möt gahn, ick möt gahn, Sei hebben ja Besäuk, dor dörf man nich stüüren!" Un fix is sei üm de Eck. Geschickt banlanciert sei dorbi 'n Glas Saft up de Rollator-Ablag.

„Hanna, wolang wierst du denn damals in Crivitz?" Hanna kiekt genau up mienen Mund un läst up miene Lippen mit, ofschonst sei 'n Hüürgerät hett.

„Ach, nich lang. Mien Vadder harr uns denn ja verkünnt, dat wi wedder trügglopen nah Stettin, 285 Kilometer tau Faut!" Fru Schlüter kümmt wedder vörbi. Dat Wader in't Aquarium blubbert. Richard Gere gifft Julia Roberts 'n Säuten. Ick schuul nah de Klock: Ein Stunn bün ick hier bi Hanna. Vun den Kaffedisch sünd noch Kekse oewerbläben, de stahn up de Dische.

Mrs. Sporty hett nu nix tau daun un geiht vun Disch tau Disch un ätt de Kekse: ümmer ein' rin in Mund un den nächsten all in de Hand. Sei kiekt mi nich an, Hanna nich, de Fru Dokter nich, Fru Schlüter nich. Sei is mit sick beschäftigt. Sei un Fru Voss ünnerhollen sick, as wenn all de annern hier gor nich dor wieren. As wenn all dat interessante, truurige, lustige, väle Läben, dat hier in dat Ollenheim wahnt, nich dor wier. Mrs. Sporty läst luut dat Kalennerblatt vun de gälen Wand vör, de Kekse noch in'n Mund: „De drei besten Dokters vun de Welt: Dokter Bewägung, Dokter Diät un Dokter Fröhlich!" Sei lacht. Väl tau luut för dissen Nahmeddag, väl tau luut för dissen Ruum, väl tau schrill för dat Aquarium un för Richard Gere un Julia Roberts kreischt sei: „Dokter Diät, dat verstah ick ja gor nich!" Up den Balkon schmöken Mudder un Soehn all de nächste Zigarett.

Hanna is füünsch, wiel keinein sei anhüürt un iernst nimmt mit ehr Sorgen wägen den Brandschutz. As de beiden vun 'n Balkon wedder rinkamen, schimpt Hanna luut up de Rookerie.

Fru Voss fangt an, den Abendbrotdisch tau decken, ofschonst de Kaffeetassen noch up den Disch stahn. Hier geiht dat ümmer vun Mahltied tau Mahltied, dat is de Takt.

Midden in dat Geklapper fatt Hanna mi an den Arm. Ehre Hänn sünd weik un fien: „As wi na Stettin rinnekeemen, sünd wi nah de Strat gahn, wo uns Huus wier un de Bombenünnerkunft ok. Dor seech ick vun fiern all ne Diern, so olt as ick. Wi kennten uns vun de Schaultied, nu 1945 wieren wi 25, junge Frugens. Nah all dat, wat wi biläwt hebben, heff ick mi freugt, ein tau drapen, den ick kennte. De Diern harr ein grieset Bünnel bi sick. Ick bün glieks up ehr tau und heff ehr fragt: Hest du Ünnerkunft, hefft ji Marken, hefft ji wat tau äten? Miene Schaulfründin keek mi mit truurige Oogen an."

Mrs. Sporty kümmt un bringt ein Fru in'n Rullstauhl an unsen Disch un schuuwt ehr ran. Bet tau dat Abendbrot is dat noch miehr as 'ne Stunn. Solang ward de Fru hier sitten. De Brems vun'n Rullstauhl kracht luut.

De Fru Dokter is upstahn un löppt unruhig hen un her. Achter ehre Hand tuschelt sei ümmer noch upgerägt.

Hanna vertellt nu schnurstracks wieder: „Ick heff denn miene Schaulkameradin ganz naiv fragt, wat sei in dat Bünnel harr: wat tau äten orrer Kleeder? Sei sackte in sick tausamen un vertellte, dat sei nix tau äten hebben, dat sei krank wieren un dat Bünnel? Stell di mal vör, Diern, sei harr kein Melk in de Bost un ehr lütt Baby wier dod. Dat dode Baby harr sei nu in dat Bünnel un wull rut ut Stettin, üm dat Kind sülwst tau begraben. Ach, Kind, wat wi Ollen allens biläwt hebben: Typhus, Rachitis un so disse ganzen truurigen Geschichten. Dat Mäken, wat ick dor drapen heff, dat wier Hildegard, Hildchen."

Fru Voss knallt den Abendbrotstöller bi Hanna up de Dischkant. Mrs. Sporty kümmt tau uns an den Disch un seggt zackig tau de Fru näben uns: „Un Oma, hüüt oewer ordentlich äten, nich kleckern, man möt ümmer ortig sien, ne, Oma?!"

Un lacht, tau luut.

DE LADEN

De Wind spälte in de bunten Schleufen vun de Kaukenharten, de vör de Ladendöör hüngen. Sei schunkelten kommodig hen un her an den Haken in de Backsteinwand. Bi dit schoene Wäder höll ein blänkern, messingschen Mechanismus, de in dat Stratenplaster inschlahn wier, de grote blage Döör apen.

De Jung hett dissen gollenen Schnapper ofteins ankeeken. Hei seech ut as 'n springenden Löwen. Achtern harr hei 'n fienen Stiert, denn 'n afschubberten Puckel un vörn dägte Vörderpoten ünner de Mähn, de in den Ring vun de Dör inhakten.

De Jung stünn vör den Laden un keek in dat Schaufinster. Ümmer wedder baukstabierte hei dat dägte Ladenschild „Süßwarenfachhandel I. EBEL". Oewer hei truugte sick 'ne lange Tied nich 'rin.

Hei seet ofteins up den gräunen Fohrradstänner, baumelte mit de Bein, lusterte tau, wat de Frugens sick vör den Laden vertellten orrer keek de Marktplatzduuven nah, wenn sei in den Häwen un üm de Kirchturmspitz flatterten.

Siene Schauh stötten an den Stänner, sei wieren de blanksten Jungensschauh in de ganzen lütten Stadt, worup siene Mudder siehr stolt wier. Em wier dat egal. De Jung keek plietsch in de Welt, wier ümmer fründlich, seggte ortig „Gauden Dag" – kort, hei wier 'n Jung as 'n blankwienerten Büxenknopp an'n Sünndag.

Hei wier taufräden mit sick un de Welt bet tau den Dag, as hei in de niegen Utlagen mang all de Pralinés, Zuckerpoppen un Bongers ein' Entdeckung makte: In 'ne lütte Melkkann stünn ein'n wunnerschoenen rod-witten Dauerlutscher up 'n höltern Stäl. Hei wier in Zellophan inwickelt, wat tausamenhollen wüür vun 'ne gräune Schleuf.

De Jung wüür bi dissen Anblick unruhig un hei wullte em tau un tau giern hebben. Em wier in disse Sekund klor, dat hei sick denn in den Laden truugen, vun den Verköper den Dauerlutscher verlangen un dat schoene Stück betahlen mößte.

An den Dag güng de Jung nah Huus un in sienen Kopp wedderhalte sick ümmertau: einsachtzig, einsachtzig, einsachtzig ... Wo sallte hei dat Geld hernähmen? Hei wullte den Dauerlutscher hebben un malte sick all ut, wo hei sick hensetten, em utwickeln un dat ierste Mal siene Lickertung an de säute, duftende Bonbonschiew strecken ward!

Den allmächtigen Häwen geföll dat, dat de Jung dat Geld bekeem.

De Taler harr hei säker in sien lüttet Puttmanutt in siene Büxentasch verwohrt.

Hei drückte de Klink dal. 'ne lütte Glock bimmelte an de Ladendöör.

Herr Ebel wier 'n fründlichen Mann. Hei harr ümmer 'n Lächeln för de Kinner un ofteins straakte hei de Lütten ok eins oewer. So gaudmäudig hei ok wier, nie nich verschenkte hei wat. Ümmer wullte hei, dat de Gören de schoenen säuten Saken schätzen liehrten. Un natürlich: Ebel wullte Bongers verköpen.

De Jung güng rin, siene Oogen mößten sick ierst an dat Licht in dat Geschäft gewennen. Hei nähm bi de Döör 'n lütten Drahtkorf mit Henkel, de Ingmar Ebel dortaumalen ut schwed'sche Manufakturherstellung inköfft harr. „Gauden Dag", grüßte Herr Ebel. De Jung gäf fründlich Antwuurt. Üm den iersten Inkoop uttaukosten, wullte hei ierstmal all de Regale, Utlagen, Etagèren un Spankörf ankieken un berüüken.

De Duft in den Laden wier so säut un 'ne Mischung ut Kakao, Kaffee, Kaneel, Kokos un Zucker. De Jung bummelte un keek sick üm. As Höhepunkt wullte hei tau'n Schluss an den Ladendisch träden, den rod-witten Dromlutscher mit de gräune Schleuf verlangen un betahlen.

Doch nu stellte sick em 'ne Proow: Sien Blick föll up ein Nougatstang in dat drütte Regal in einen schoenen Korf, fien inwickelt in blaget Stanniolpapier. Hei verfierte sick, dat em nu up eins de Sinn nah dissen Schokolorengeschmack stünn. Hei wullte un wullte doch den schoenen Lutscher! Hei harr gor nich vörhatt, Schokolad tau köpen!

Herr Ebel seet in sienen witten Kittel achter de Kass un schreef Priesschilder.

De Jung schluckte, hei föt an siene Tasch, fäuhlte dat lütte ledderne Puttmanutt. Einsachtzig, einsachtzig, einsachtzig … Miehr harr hei ja nich!

Ok de helligste Seel hett ’ne düster Siet un so schleek em sick ’ne vermaledeite Idee in den Sinn: Hei steckte de Nougatstang in siene anner Büxentasch. Hei fäuhlte, dat dat mit de Nougatstang in de Tasch besünners schwor warden künn, grad den’n fründlichen Herrn Ebel in de Oogen tau kieken un denn ok noch den rod-witten Dauerlutscher tau verlangen!

Em wüür dat schwor. Em wüür schlecht. Hei kunn un kunn sick nich entscheiden! De lütte Jung wüßt, dat ein betahlen möt. Oewer miteins wüür hei stuurköppsch: Worüm nich? De miehrsten Jungs ut siene Klass harden all mal wat „mitnahmen“. Dat wier ja normal. Dat güng ja ok nich gägen Herrn Ebel. Hei wull ja de Nougatstang ok nich för sick allein, hei wull ok all de annern Jungs wat afgäben. Ja, güng em dat dörch den Kopp: Hei wull fürwiss all de Stücken afgäben un blot ein lürlüttet Stück för sick allein behollen!

Hei fäuhlte oewer de Tasch un makte sienen schworen Gang mit den leddigen Korf up den Ladendisch tau.

Herr Ebel seech beschäftigt ut. Achter dat letzte Regal halte de Jung siene Geldstücken rut, güng nah den Tresen un hüürte sick seggen: „Den rod-witten Dauerlutscher mit de gräune Schleuf, bitte!“

Herr Ingmar Ebel söchte den Blick vun den Jungen …

SÜNN

„Nie nich wedder 'n Mann … nie nich wedder", plinste sei vör sick hen. „Nie nich wedder" begöschte sei ehr Fründin. „Anni, worüm hett Todd dat makt? Worüm hett hei dat tau mi seggt?"

„Weit nich." Anni leggte ehr'n Kopp up de Knei, de sei so antreckt harr, datt de Fäut up Sabines Liege stunnen. Sabines gräune, kommodsche Liege in ehre lütte Stuuw, in'n föfften Stock in Niebuugblock. Wo de beiden Fründinnen jeden Abend, wenn sei nich tauväl Huusupgaven upharren, tausammen seeten. Un nu dat. Wovon süll Anni dat denn weiten, worüm hei dat makt hett. Sabine keek ut ehr Finster. Sei harr keine Gardinen an … De Sünn wier ünnergahn. Ünnen blinkerten de Lichter vun den Block gegenoewer. Ehre Tranen leepen de Backen dal. „Worüm hett hei dat makt, Anni?" Sei künn dat nich begriepen, dat nu Schluss wier mit Todd. Todd heet egentlich Torsten, oewer för Sabine wier dat ümmer Todd west: Todd mit de hellen Hoor, mit de plietschen Oogen un …

„Ick möt nah Hus. Is Klock nägen." Anni stünn up un strakte Sabine oewer. „Nie nich wedder 'n Mann! Afmakt!?"

„Afmakt.", plinste Sabine.

„Dat Läben löppt, as wenn du in 'n drögen Sand miegst, Anni. Ick seih, dat dat in de ein orrer annere Richt löppt, oewer ick kann blots taukieken, wo fix dat löppt. Ick fäuhl, dat wat verkiehrt is, oewer ick kann dat nich uphollen", hüürte ick mi seggen.

„Bine, de Kinner. De Kinner sünd dat, wat mi uphöllt. Wenn dat nich wier, denn wüsst ick viellicht, wat ick maken sall. Oewer de Kinner ohn' ehrn Vadder, dat is doch nix."

Nee, 'ne Diern ohn Vadder, dat will ick ok nich. Oewer bi mi wier dat ja man ok nich so leeg as bi Anni un Uwe. Anni wier ümmer väl bärer in de Schaul as ick un denn hett sei sick dissen Uwe nahmen … Hei wier woll 'n leiwen Kierl, blots 'n beten döschig. Oewer dat wier noch nich dat Problem, wenn hei nich ümmer so giern mit siene Kumpels nah den Kraug hengüng. Tauierst hett Anni ja ümmer glöwt, dat ick dat nich marken dau, wenn Uwe wedder siene „Tour" harr. Nu gifft Anni dat ja tau. Helpen kann ick ehr ok nich.

Nee, bi mi is dat ja wat ganz anners. So'ne Saken gifft dat bi uns gor nich. Mien Mann, de is 'n Studierten, so as ick. Wi hebben 'ne schöne Wahnung. Miehrstendeils bün ick mit mien', also uns', Dochter, vun Mandag bet Fridag ohn mienen Mann hier in de Stadt, wiel hei 100 Kilometer wieder Arbeit hett. Hei seggt ümmer, dat ick ja nich allein wier, ick harr ja de Diern. Hett hei woll recht in.

„Ach, Anni. Hest woll ok recht in. Diene Kinner ohn ehr'n Vadder, dat is Schiet. Is ja 'n Schiet för ehr, wenn sei ierst nah de Schaul henkamen." Nu rohrte Anni luut an't annere Enn vun't Telefon: „Oewer wat …"

Ja, wat … wat sall ick Anni nu seggen? Ehr oewerstraken, dat kann ick nich, sei wahnt ja wiet af. Un wegge strakt mi oewer?

Ick sitt un nu verschwemmt dat Telefon vör miene Oogen … Nu rohr du man nich sülben, Sabine. Ick kiek nah de Klock. Is all laat. Klock elben vörbi. Morgen früh möt ick wedder tiedig rut. Un de Diern all Klock söss nah'n Kindergorden hen. Dor is nich väl Tied, oewer nahmeddags gahn wi nah'n Spälplatz orrer äten 'n Ies orrer gahn wat inköpen … De Lütt un ick, ick un de Lütt.

„Mama, komm kucken! Was ich kann." – „Ich kuck ja …" Ick sitt allein up de Spälplatzbänk un kiek dörch de Kinner un dat bunte Spältüüch dörch. Tauminnsten schient de Sünn mi up den Puckel, denn markst du, dat du noch läbig büst. Ach, de Sünn. Wier ick 'ne Katt, wüür ick nu woll snurren. „Mama, du hast gar nich richtig gekuckt!" – „Doch, fein … Ganz toll!" De Diern bruukt dat ‚Aahh!' un ‚Oohh!' Un ick hüür mi dat ok afspulen. De Spälplatz is schietig, Papier fleigt dörch 'n Sand. De Bänk is vullschräben mit 'n schwatten Filzschriewer: Anja grüßt Inga – Markus ist süüüüß – Fuck you – Love …

„Anni, worüm hett Todd dat makt?", hüür ick mi. „Worüm hett hei Schluss makt? Worüm?"

Ick grien: Oewer dat is vierteihn Johren her. Worüm denk ick nu an sowat? An Todd … Ick heff em nie nich wedderseihn. Ick kunn em nich fragen, worüm hei dat makt hett. Dorbi wahnen wi in de sülbige

Stadt. Un sünd uns nie nich wedder begegent. Dorbi sitt ick gor nich jeden Abend to Huus. Wenn ick ein find, de de Lütt uppasst, gah ick ok mal abends nah Theater orrer Kino un kiek tau, woans de annern läben.

Nu sitt ick mit Todd hier in ein Cafè. Nah 't Theater stünn hei dor un täuwte up siene Verwandtschaft.

Hei hett mi inladt un ick bün glieks mitgahn. Wi schnacken: Oewer miene Arbeit un sienen Job. „Dat Café is kommodig, blots de Gloes hebben 'n gollenen Rand", grient Todd. Ick weit. Gollene Ränder sünd di ein Grugen.

„Sabine, du hest 'ne schicke Brill ... un diene Ogen ..."

Oh, Gott worüm bün ick blots mitgahn mit em, nachts in ein Café? Diene Ogen ..., so'n Kitsch.

„Ach, lat man Torsten ... Dat kannst du di sporen."

Hei grient wedder so plietsch: „Oewer schön wier 't doch, dat ick dat seggt heff, hmmm?!" Ick will nich, dat ick nu an de Sünn up mienen Puckel denken möt un an de snurrige Katt un an ‚Aahh!' un ‚Oohh! ...

„Nu vertell mal, wat hest du so makt de letzten Johren?"

„Vierteihn Johren ...", segg ick fuurts, üm Afstand tau hebben. Ick vertell vun Schaul un Studium un Utbillung un Hochtied un de Diern ... Ick kann mi graden noch so bremsen, dat ick nich dat Foto rutkrigg.

„Büst du glücklich?"

Wat? Wat fragst du mi? Wat ... Wat nu seggen?

„Dat wull ick weiten ..."

Ick ...

„Ja", segg ick un wull wiederschnacken vun de Diern un mienen staatschen, studierten Mann ...

„Oewer du lachst nich glücklich ..."

Üm mi för disse Frag tau rächen, polter ick rut:

„Worüm hest du dat dunn makt, Todd?"

Ick hüür de Antwuurt, oewer in mienen Kopp geiht dat üm: Du lachst nich glücklich, Sabine! – Wat hest du denn makt de letzten vierteihn Johren? – Diene Ogen sünd schön! – Büst du glücklich? ...

De Nacht dörchschnackt un ümmer blots dat in'n Kopp.

As ick nah Huus kam, schlöppt de Babysittersch up dat Sofa un miene Lütt steiht in de Döör: „Mama, das wird schon hell!"

Ja, nu kümmt de Sünn.